2023年诗歌选粹

家园

邰筐 ◎ 主编

（丛书主编：王朝军）
2023·北岳
中国文学主题年选

《名作欣赏》杂志鼎力推荐
权威遴选 深度点评

山西出版传媒集团

北岳文艺出版社
·太原

图书在版编目（CIP）数据

2023年诗歌选粹：家园 / 邰筐主编 . --太原：北岳文艺出版社，2024.7 . --（2023·北岳·中国文学主题年选 / 王朝军主编）：--ISBN 978-7-5378-6884-6

I. I227

中国国家版本馆CIP数据核字第20241666VU号

2023年诗歌选粹·家园
邰筐　主编

出品人	出版发行	山西出版传媒集团·北岳文艺出版社
郭文礼	地　　址	山西省太原市并州南路57号
	邮　　编	030012
策　划	电　　话	0351-5628696（发行部）
王朝军		0351-5628688（总编室）
责任编辑	传　　真	0351-5628680
庞咏平	经 销 商	新华书店
	印刷装订	山西人民印刷有限责任公司
书籍设计		
张永文	开　　本	787mm×1092mm　1/16
	字　　数	341千字
印装监制	印　　张	21.5
郭　勇	版　　次	2024年7月第1版
	印　　次	2024年7月山西第1次印刷
	书　　号	ISBN 978-7-5378-6884-6
	定　　价	68.00元

本书版权为本社独家所有，未经本社同意不得转载、摘编或复制

家园：故乡、他乡与远方

(代序)

邰筐

1

18世纪中期，英国诗人威廉·柯珀曾写过一句非常有名的诗："上帝创造了乡村，人类创造了城市。"在威廉·柯珀的眼中，乡村是神性的，是人类最后的精神家园，是我们可以触及的天堂；而城市是物欲的，它最终会让人类在觥筹交错、纸醉金迷中无限膨胀和渐渐迷失了自我。

在时光的轨道车上，我们和威廉·柯珀相隔不过二百多年，但世界却早已发生了翻天覆地的变化。全球城市化速度远远快于一条蚕吞食桑叶的速度，同质化的钢筋水泥建筑似乎把地球变成了一个村庄。去年夏天我回鲁南老家，有一天开车转了一圈，发现记忆中那无边无际生长小麦、玉米、大豆和高粱的田野已经变成了高楼大厦和CBD，那闪烁的霓虹投射到不远处一块残留的水稻田里，就显得有点光怪陆离，一点也不真实。

如今的乡村早已不再是一块净土，一边是城里人将大超市、KTV开进了村里，一边是村里人蜂拥去南方打工。那些原本该生长庄稼的土地长满了荒草。当留守儿童、空巢老人成为乡村主要成员时，当收割机落后于脚手架的速度时，因而滋生的各种社会问题、法律问题就成为农村的主要矛盾。如果此刻还以城乡二元对立的眼光去看待这个世界，就未免有点太简单化了。

当世界适应了高铁、飞机、火箭、星舰的速度，当 AI 的出现让人类对自己的未来开始焦虑与担忧，我们的生活就宿命般陷入无数次的离开与遗忘，迁徙与漂泊，尴尬与恍惚，像被卡在了平行世界里。

2

在这个世界上，有两种人，一种人没有故乡，一种人有故乡。

没有故乡的人从生到死都不曾离开自己出生的地方。就像我们村的瞎子爷爷邰成牧，生前住在村里，死后搬到了村后。他的世界就是他的出生地。

有故乡的人会背着一口尘世的水井出发，去世界的很多地方。就像福克纳笔下"邮票般大小"的奥克斯福、莫言小说里具有神秘色彩的高密东北乡、让叶赛宁弥漫无尽乡愁的康斯坦丁诺沃、催生荷尔德林"诗意栖居"的施瓦本，故乡成为他们一生用之不竭的灵感之源。有故乡的人是有福的，那是一种持久的庇护。

离开故乡的人注定要走向他乡，那是海子笔下"远在远方的风比远方更远"的地方。但你不管走多远，心中最惦念的或许依然还是你小时候待过的那个地方。可能你的身份已经从一个本土人变成了外省人，从一个"乡下人"变成了"城里人"，但这物理上的空间挪移对一个写作者来说，恰恰是一个审慎的距离，让你以一个游子的深切眼神回望故乡的时候，多了一份理性和冷峻。

一个优秀的诗人心中或许都应该装着两个故乡：一个是生养他的村庄，一个是他灵魂的远方。

如果说"诗人的天职就是返乡"，那么我们到底该返回哪个故乡？是生养你的村庄，还是坐落在你灵魂远方的精神家园？究竟该往哪里回？童年记忆里的故乡早已面目全非，而远方又那么远，或许一个写作者的一生，注定只能在远方和故乡两点之间如困兽般奔走。

你很可能把这个精神的家园和想象中的天堂混淆在一起。其实想象一个美好的天堂并不难，凡是在世间受到委屈的人，都会幻想一个美妙的天堂，他的委屈就会得到平申，但是建立在想象和幻想之上的"天堂"，是很容易受到怀疑和质询的。一个诗人的悲哀也许就是他亲手绘制出了那份精神故乡的图纸，却终生找不到那块可供开工建设的地方。

3

前不久，古尔纳来中国，我有幸作为嘉宾现场聆听了古尔纳与莫言两位诺贝尔文学奖获得者的对谈。当说起文学故乡时，莫言老师的一句话对我启发很大，他说"故乡的概念是广泛的，随着写作者创作经验的增长、活动环境的扩大、研究范围的开拓，世界上的一切都可以纳入'故乡'的范围。"

莫老师的话一下子让我茅塞顿开，如果一个诗人把赖以生存的地球作为自己的情感背景和写作背景，格局是不是就会开阔很多？这也正是这本年度诗歌选粹"家园"主题的由来。

如果说新诗发展到现在，我们还依然在题材论的窠臼里打转，是不是另一种形式的故步自封？但毋庸置疑，怎么写始终取决于写什么？书写对象决定你的言说方式。你站在城市的立交桥上面对川流不息的车流人流和你站在村庄月光下一片麦地里的心境肯定是不一样的。批发市场里验钞机刷刷的数钱声和南山下雨打芭蕉的声音也是不一样的。

在一个快餐时代，人们活得就像一个陀螺，在欲望驱使下疯狂旋转，活得要多匆忙就有多匆忙，基本没有闲心去关注鸟啼和虫鸣，也没有人留意什么"秋风起兮白云飞，草木零落兮雁南归"。大部分人的生活已经被异化为物质和金钱，人们已经记不清有多久没有抬头看星星了，他们就连沉思和发呆也觉得是一种奢侈和浪费。

但诗人不一样，不管这世界多么匆忙，写诗始终是一种缓慢的手艺。他们用汉字与时光对峙，有时恰恰需要从马斯克的星舰退回杜甫的毛驴。此选本汇聚了林莽、张新泉、西川、韩东、娜夜、梁平、何向阳、陈先发、雷平阳、戴潍娜、余秀华、张二棍等诗人的170余首诗篇，是从年度浩如烟海的文学报刊和微信公众号里挑选出来的，较为客观地反映了年度诗歌的创作实绩。这些诗歌，有的具有扼腕一叹的灵犀，有的段落里藏着风暴，有的句子里埋着雷管，有的于从容叙述中不经意就触摸了神奇……更为值得一提的是，作为年度唯一一本带点评的选本，此次我们一如既往地在第三辑"名家赏析"里推出了尚仲敏诗歌专辑（之前曾推出了莫言、于坚、阎安的诗歌赏析专辑），精选了尚仲敏代表作、新作30余首，再加上三篇专业解读，值得期待。

最后要感谢梁平、王士强、陈啊妮、李木马、辛泊平、徐小冰等人的精彩解读，还有责编庞咏平对书稿的精心梳理，在此一并致谢。

目 录

第一辑 披沙沥金

穿丁字拖的李白来南山跑马拉松

3　流水记　　　／阿华
5　在槐山石驳岸观长江　　　／阿毛
7　飞岛　　　／艾蔻
9　贡格尔草原之夜　　　／安然
11　旧消息　　　／北野
13　过世的人，都长着一颗草木之心　　　／辰水
15　晓月中路　　　／陈亮
17　洛扎沟　　　／陈人杰
19　杨树蘑菇　　　／陈维一
21　理想国　　　／陈先发

1

23　祭奠　　　　　　　　　　　　／陈小平

25　松山半岛　　　　　　　　　／陈小虾

27　给你的第一百首诗　　　　　／程小蓓

29　饮酒者。和他碗中的蓝　　　／呆呆

31　穿丁字拖的李白来南山跑马拉松　／戴潍娜

34　无可说时　　　　　　　　　／灯灯

36　力量　　　　　　　　　　　／杜绿绿

38　长河　　　　　　　　　　　／杜涯

41　我没有写出的词语　　　　　／段若兮

43　登鸣沙山　　　　　　　　　／堆雪

45　我们，或之间　　　　　　　／朵而

47　天堂来信　　　　　　　　　／朵渔

49　求婚的巴特尔　　　　　　　／戈三同

51　宽窄　　　　　　　　　　　／宫白云

53　那成群结队的黑色翅膀啊　　／海男

55　河水　　　　　　　　　　　／韩东

57　秦江渡轶事　　　　　　　　／韩少君

59　旷野　　　　　　　　　　　／韩宗宝

61　松针　　　　　　　　　　　／何向阳

64　云起处　　　　　　　　　　／何永飞

66　饺子　　　　　　　　　　　／侯马

67　小满，想想我的一生　　　　／花语

69　燕山　　　　　　　　　　　／霍俊明

71　雪　　　　　　　　　　　　／吉尔

73　本无结束　　　　　　　　　／见君

75　我的栗色马和狮子　　　　　／江非

77	山中	/江离
79	春天真的要来了	/金铃子
81	珍贵	/康雪
83	柠檬风暴	/蓝格子
85	锦瑟	/蓝紫
87	老房子	/老四
89	明月的下落	/雷平阳
91	我所梦见的火焰	/李浩
93	火车一直向西收拢着夜色	/李木马
95	待故人	/林典铇
97	家书	/林莽
99	夏天记忆	/马累
102	桃花源	/娜夜
104	赣州赋	/年微漾
107	月亮被使旧了	/苏和
109	十四行：廊桥	/邰筐
111	大地之手 —— 写给佛手	/唐力
115	嵩山记	/小葱
117	在丹湾听童声合唱《少年的海》	/谢宜兴
119	过客	/辛泊平
121	自愈：致钴蓝色的独唱	/徐俊国
124	大马戏	/杨荟
126	你还记得吗？那场馥白春夏	/鱼小玄

第二辑　专家观点
我爱这反反复复的世界

131　诗歌是对可能性、丰富性的打开　　　/ 王士强
134　春天的挽留　　/ 李见心
136　傍晚　　/ 李少君
137　目送　　/ 李小洛
139　在峡谷　　/ 李浔
140　寂静之师　　/ 李永才
141　岳阳楼补记　　/ 梁平
143　雁群飞过小南庄　　/ 梁小兰
144　消声隐迹　　/ 梁晓明
146　虫鸣　　/ 林莉
148　北方　　/ 林珊
149　树下爬满了青草　　/ 林新荣
151　遇见：一条鱼的练习曲　　/ 林秀美
153　慢姿态，或者高贵　　/ 刘大伟
154　晚来天欲雪　　/ 刘年
156　五道营胡同　　/ 刘雅阁
158　看云　　/ 龙少
160　麦苗田里的朝阳　　/ 路也
162　大象独自穿过　　/ 马嘶
163　恪守　　/ 孟醒石
165　斜塔　　/ 缪克构

166	玻璃栈道	/慕白
168	世事如风	/穆晓禾
169	电线飞过头顶	/庞白
170	野蔷薇之歌	/庞培
172	上塘河	/荣荣
174	寂静的冬天	/桑克
176	我孤独地歌唱	/石尚
177	我们如此亲密又陌生	/四四
179	恒河：落日	/苏浅
181	完整	/谈骁
182	一条鱼的疼就是大海的疼	/汤养宗
183	老鹰茶	/凸凹
185	加拉尕玛的黄昏	/王单单
186	想象	/王二冬
188	生活无法交换	/王寅
190	你提到海	/王原君
191	鄂东丘陵	/王自亮
198	通信时代	/微雨含烟
200	鱼啊，认识我们的自由	/微紫
202	静默	/吴冬
204	我将回忆	/西川
206	雪夜访戴	/向以鲜
208	小美女	/小点子
209	转瞬即逝	/小西
210	有人游	/肖水
211	复眼	/谢湘南

214	没入雨季	/ 徐晓
216	我竭力空旷	/ 薛菲
218	有一年	/ 杨键
219	巴丹吉林沙漠之咒	/ 杨森君
220	我的女儿	/ 杨邪
221	棋子	/ 夭夭
222	旷野之人	/ 姚辉
224	春夜	/ 叶瑞红
226	遇见一个给灵魂让座的人	/ 叶延滨
228	孟连梦醒	/ 殷龙龙
230	羊	/ 尹马
232	荒草问题七帖	/ 影白
236	折线	/ 于贵锋
238	平静	/ 余笑忠
240	蓝色的木星	/ 余秀华
242	海浪	/ 宇向
244	照相馆	/ 语伞
246	杏	/ 玉珍
248	祈祷词	/ 郁葱
250	南岱问山	/ 郁颜
251	他们的喉结一直在蠕动	/ 喻言
253	雪松	/ 云亮
255	回忆，室内的雨	/ 臧海英
256	独坐书	/ 张二棍
257	风在吹	/ 张新泉
258	在本地	/ 赵卫峰

260 距离　　　／赵晓梦

262 瓜州　　　／赵雪松

263 青山赋　　　／周簌

265 乡村　　　／朱庆和

267 越荒诞越奔跑　　　／朱涛

269 齐梁晴云
　　——和桑克《金陵二首》兼呈同游诸人　　　／茱萸

271 人间来信　　　／祝立根

273 腐烂的苹果　　　／庄凌

第三辑　名家赏析
一抒情就把秋风恨得咬牙切齿

277 尚仲敏诗选

306 以精致与时间片刻对视
　　——关于尚仲敏诗歌的只言片语　　　／梁平

311 他提供了汉诗灵魂表达的另一种可能性
　　——尚仲敏诗歌解析　　　／陈啊妮

321 尚仲敏诗圆桌
　　——李亚伟、于坚、杨黎、何小竹、吉木狼格、柏桦、周东升
　　／尚仲敏　辑

第一辑　披沙沥金

穿丁字拖的李白来南山跑马拉松

流水记

/阿华

用年轮叙事,请松香入史
为白鹭留下栖息的树桩

在微山湖,当春风拨乱
三月布下的迷阵
鸟鸣和花香,就挤满了湿地

运过雨水和露珠的叶子
也变成了一艘悠悠荡荡的小船

……后来,湖水后退
影子扎根
我迎出了三里,将你接回了尘世

选自《飞天》2023年第2期

评鉴与感悟

《流水记》通过对微山湖自然景观的描写,使与之对应的生命情境一一赋形。在作者充满深情的叙述语调中,无论是"鸟鸣和花香,就挤满湿地",还是"运过雨水和露珠的叶子,也变成了一艘悠悠荡荡的小船",喻体所生发的联想和美好体验,使人久久沉浸……没有人会相信,美好的同时,消逝竟然如影随形,伤痛竟然接踵而至:"后来,湖水后退/影子扎根"。对悖论处境的觉察以及幻灭所带来的现实感,不仅引发了读者对生命和存在的深度思考,也把整首诗推向了高处:"我迎出了三里,将你接回了尘世"。(灯灯)

在槐山石驳岸观长江

/阿毛

靠着退流后的石驳岸行走
有接近悬崖的惊险和神殿的肃穆

面向江流的旅行箱开口
朝向
上溯的货轮
靠岸的漂流木
东流的水浮萍

嗡嗡的无人机
航拍人群、货轮与江流

或许
它可以替我去江心洲
寻找一群三十多年的青春与雕塑

面向江心洲的思者
与对着江流刷手机的人群

有着不一样的
角度
光线
与背景人群

而自拍者
在古风和二次元之间
是夹生的当代
和孤独的垂钓者

选自《广州文艺》2023年第9期

评鉴与感悟

　　长江流域广，经过的地带多，由此，观望长江的角度和方式是多种多样的，站在不同的角度，我们就看到了不一样的长江情貌，也获得长江带给人们的不同的内心体验。在这首诗里，诗人阿毛选择了在"槐山石驳岸"观望长江，在这水体边缘与陆地的交接处，诗人不仅看到了水上的生动情形，也回望到岸边人们的生命样态，人与景之间构成了及时的对话与呼应关系。诗人采用不断移动的观察视角，来观望长江以及周边景象，游移的观察目光和流动的心理历程保持着同步关系，从而让诗歌的情绪流转和思想生发显得自然而丰厚。（张德明）

飞 岛

/艾蔻

站在山顶，盯住某个反光点
从有到无只一瞬
相对于大海的空茫
这种闪现更适合诠释——
孤独

就算近在咫尺
大海也始终在远方
岛的孤独
并非我们想象的那样

岛上没有原住民
陌生的旅人涌来又退去
唯独它——
终年身披绿羽
在昼夜不息的摇晃中

练习飞行

选自《作家》2023年第3期

评鉴与感悟

　　一座岛的天空,隐藏着看不见的光,正是这看不见的光,引导着"我们"用一生去练习飞行。诗歌写得冷静、随性,又饱含着对命运困境的关切。山顶、反光点、大海、远方、岛、摇晃,这些隐含孤独意味的词语形成了一条线,引领诗歌的场景在一波三折中完成了转换。诗歌结尾处,身披绿羽者,在时间的往复和消失中坚持与命运对抗,使这首十几行的小诗,具有了一出多幕剧的开阔和延伸,对一种孤独且无法走出的困境进行反思和拷问。一首诗歌诗艺的高低,在某种意义上说是诗人自我认知高低的呈现,《飞岛》再现了诗人对人类命运困境的突围意识和悲悯。(蒲素平)

贡格尔草原之夜

/ 安然

禾草整齐地站立在河岸
马匹踏着针茅的暗影彻夜嘶鸣
我以最快的速度来到草原的中央
枕着悠悠大地,盖着辽阔苍穹
与时光比肩而眠

我是那么小,那么软
秋风吹着我紧张的、战栗的瞳孔
勾勒出我心中的宏伟和高光
我又一次在故乡的深夜里辗转
陷入无限的困境

怀着对故土和兰泽的敬畏
我的深情被昼夜之爱包裹
汽笛在贡格尔草原的公路上长鸣
一切都变得平稳、厚重、悠长
故乡在我的背部向羊场撤退

夜的静谧在漫延
我在古老的月光下饮草叶的锋芒
这么香甜，这么重
如此相逢，让我在味蕾中
对故乡生出新芽

选自《诗刊》2023年第23期

评鉴与感悟

　　《贡格尔草原之夜》是一次心灵的升华和奇遇。贡格尔草原是圣地，身处此地的"禾草""马匹"和"我"，无不受圣地的"昼夜之爱"的包裹，事物因着秩序而"平稳、厚重、悠长"。此诗抒发对故乡的纯净之情，画面感强，语言感染力强。作者开篇即说："我以最快的速度来到草原的中央"，无异于是一次返回心灵的母体之旅，所以诗人"对故乡生出新芽"也就在情理之中了。（纳兰）

旧消息

/ 北野

散场的人,要经过一片玉米地
月亮出现在一张旧报纸上,它晕黄
像心思诡谲的人在潜伏
空荡荡的大地上有三两声狗吠
积满泥水的土坑
淹没了星空。说书人模仿的蛙鸣
震耳欲聋。一辆夜行的马车
铃声是潮湿的,只有旷野
在转动它的车轮,而石头在阻止
更多的人在围观
围观的人,让一匹白马的轮廓
在空气中显露出来,而他们自己
却藏起身形。我知道西梁那个果园
正利用夜色,快速结下更多果实
它们隐身在树叶和露水之中
守园人和他的亡妻,没有房屋
他们靠着树干

虚构了爱情的甜蜜和孤独
那个时候，他们多艰难，几乎
身无分文，一座果园，和一杆锄头
在银河两岸，留下了劳动的身影
夜幕下，这个空寂的世界真大
像撤去灯光的幕布
我走在路上，身后总是跟着
一串沁凉的脚步声

选自《雨花》2023年第11期

评鉴与感悟

诗人身体里有一部童年的放映机：秋夜，老电影散场的归途，也可能是一场盲眼说书人故事的延续……玉米地，蛙鸣，残月，星空，夜行人，果园夫妻……它复原了一个20世纪六七十年代的北方乡村场景，唤醒和重新建构了一个旧岁月暮色沉沉的湿漉漉的秋夜独行图。紧迫不安，幻觉丛生，多个时空交汇在一起，尤其"守园人和他的亡妻"，在这个半明半昧的时空里，缠绵悱恻，情谊茫然，使人心惊，呈现出一个特殊年代的苦涩和艰辛。诗歌意象繁复，赋予了多个时代维度，引人回味；全文如此设境，致诗意烟雾迷离，独行人的背后，始终身影重重，令人紧张狐疑，由此形成了这首诗歌在语义、空间、情绪、思考上的创造性张力。（邓迪思）

过世的人,都长着一颗草木之心

/ 辰水

坟茔上的草密了,坟茔上的草高了
清晨,那些经过坟茔的人,也将走进黄昏

在乡下,每一个过世的人
都认领下一卷薄席、一口棺材
再在他的坟头上,撒下五谷
期盼长出一棵棵庄稼,结出一颗颗草木之心

如此,我愿意把每一株松树
当成祖先,把每一丛灌木、每一棵野草
都认作亲人
秋天深了,谷穗重了
每一棵植株都心怀谦卑,弯下腰
向大地鞠躬

多年后,我也要谢幕
也要变成一株植物,在秋天里

迎着太阳，结出累累硕果

选自《特区文学》2023年第2期

评鉴与感悟

辰水在写乡村题材的诗歌时，总会不自觉地把乡村的神秘性和个人的悲悯之情，紧密地联系在一起。这首《过世的人，都长着一颗草木之心》，由人去世后，被"一卷薄席、一口棺材"收留，然后，联想到长出庄稼、结出草木之心，意象的串联，为后面两节诗人悲悯之情的延展做好铺垫。及至自己也成为植物，也有了草木之心，重复着祖先的命运。实际上，这也是中国乡村、中国农民，生生世世的轮回写照。中国自古以来就是农业大国，乡土、农民、乡村的轮回与命运，是一个厚重的哲学。这首诗，妙处在于诗人内心涌动真情，视角独特，抓住了人与植物的自然相连。首节和尾节，遥相呼应，叙述明晰，有哲思，有情韵。（周维强）

晓月中路

/陈亮

每天早饭后我都会从晓月中路走过
每天我都会看见那个锈迹斑斑
贴满了小广告的邮筒
伤员般望着一个个注视着手机的人
它可怜巴巴地说:投给我一封信吧
我已经好久没接收一封信了

每天我都会看见几个边走边看手机的人
撞到电线杆上,说声对不起
然后丢下自己的影子,仓皇而逃
每天我都会看见边骑摩拜单车
边教育孩子边吃早餐的人
世界如此繁忙,人们面容模糊

每天我都会看见一些
歪倒在臭椿树上冬青上的单车
它们的内胎像肠子般拖拉出来

满脸泥污满脸沮丧，却从不后悔

每天我都会看见一个漂亮的女孩迎面走来
她总是笑着的，让我涌出恍惚

每天我都会经过一个工地
原来是几个国营大厂，现在一片瓦砾
它的门口有时会聚拢起一堆人
然后蚂蚁一样消散
每天我都会看见一些运载建筑垃圾的大卡车
呼啸而来又扬长而去
像一个时代，让你无所适从

每天我都会从晓月中路走过
更多的时候我行色匆匆
对路边的一切视而不见或置若罔闻

选自《朔方》2023年第9期

评鉴与感悟

《晓月中路》是一首极具"在场性"和"当下感"的诗歌。或许对于传统乡村空间与自然意象，多数诗人能够驾轻就熟，而面对城市空间中的事物，却常力有不逮。《晓月中路》聚焦当下城市，诗人以一架沉默的摄像机审视景物，道路以目，一镜到底。随着空间位移，情愫收束于镜头之后，诗人成为生活的局外人，而生活本身的琐碎、荒诞，在每一处街角上演，诚如诗中所说"世界如此匆忙，人们面容模糊"。而这亦是现代社会之常态，热气腾腾，纷纷扰扰，充满市井气息，诗人以精妙之笔，勾勒出众人生活的切面。但光阴流转，时代变迁，却从未饶恕每一寸事物。诗人揭示的是现代人普遍的困境："我"既是旁观者又是当局者，在清醒中无奈妥协。（周莹瑶）

洛扎沟

/陈人杰

从措美，到洛扎
过三座山，九十九道弯
万壑归于流水
河水只有一条，至一峡谷
黑色的峻岭、岫岩
似古木燃烧的灰烬石化
一切为时间所建树
雨林是昨天的事
也许海水仍在高原的体内
或沧海，乃岩浆之破茧
曾如卷刃，曾如裂帛
曾如天马，曾如瀑流
因奔涌而成无名之史诗
天地客，无路的路
大拐弯带出的浑阔在弧形里翻腾
遇湖泊则清冽
美哉，从雪峰借来的光芒纯净

从天宇借来的鹰笛嘹亮
恰拉脱岗，壁立千仞解构深渊
有人死去的地方，白云更轻

选自《诗刊》2023年第1期

评鉴与感悟

风景诗，其实是诗人情感的地理学。诗中，流水接纳流水，燃烧的灰烬接纳坚硬的岩石，岩浆接纳大海，进而一条沟沟通天地、时间和万物。这首短诗像一个无底的器物，卷入的事物在其中发酵、膨胀，最终结构出一首无名史诗的形象。结尾处，诗人从驳杂空间中提炼出一朵白云，维系着整首诗的强烈度，同时带来了奇妙的平衡感。白云，像从激烈冲撞中逸出的纯净力量，且一经诞生便立于高处，不再接受任何勾兑。整首诗语调平静，收放有度，搬运巨物轻松自如，让高原景观得到了有力而自由的诗性阐释。（胡弦）

杨树蘑菇

/陈维一

藏着真菌的旧事物
在雨季长出鲜活的小蘑菇
它们一点一点在树根间
慎重生长
那么融洽，那么弱小
采摘时指尖力量重一点儿
这些美味就成了泥
可它们依旧在这个喧闹的上午
让自己一点一点变得新鲜
让穿着花雨鞋的孩子喜上眉梢
我默默祈祷，孩子
千万别捏那些刚破土的羞怯
眼下它们和你一样
不该承受这么大的悲伤

选自《诗刊》2023年第15期

评鉴与感悟

大概每一位诗歌写作者需要毕生苦练的技艺就是怎样处理由日常的小处发现的那种近乎庄严的大。陈维一这个作品里又一次确认了诗人拥有"小题大做"和"无中生有"的特权卡。由"雨后鲜活而弱小的蘑菇"到"穿着花雨鞋的同样鲜活而弱小的孩子"。有时候，想想那种构成紧张对立关系的其实是同一种事物。他们（或它们）会在不同的生命遭遇中扮演着截然相反的角色，这正形成了世界的复杂性，也打通了万事万物之间的界限，让我们共情，让萧飒的天地间可以同时听得见几近无声的哀叹。（张常美）

理想国

/陈先发

有一只或一群小鸟，日复一日、年复一年地，
在我书房的窗玻璃上扑腾，激烈地啄食。
它们遗下的唾液变干、发白、堆积，
我用高压水枪冲刷也难以洗净。
而钢化玻璃如此乏味、坚硬，
又有什么神秘之味回馈给它们？
我曾百思不得其解，小鸟
为何徒耗生命又永不言歇……
今天走到书房之外，站在小鸟角度，只一眼，
迷雾霎时烟消云散。原来玻璃中印着树之虚影，
远比它身后的真实绿树更为婆娑动人。
下午三点多，光线斜射，楼台层叠。
这虚影亦为理想国，
人皆迷失，况弱鸟乎？
我不需要什么顿悟。我只举步来到了另一侧。

选自《大家》2023年第5期

评鉴与感悟

从柏拉图的《理想国》、莫尔的《乌托邦》到康帕内拉的《太阳城》,再到玻璃中印着的"树之虚影",陈先发就像一个高超的语言魔术师,通过角度的切换,让我们看到了另一个真相:原来玻璃中印着树之虚影,远比它身后的真实绿树更为婆娑动人。这首诗的切口很小,惯于形而上表达的陈先发内敛而隐忍,他好像什么也没说,好像又说了一切。(邰筐)

祭奠

/陈小平

橙子树在环球中心广场随风起舞
还有那个漫无目的的下午
我知道,你的想法异于常人
进入你的灵魂,我已试过。那没有用
你正年轻,而我已数次看见死亡
穿着一袭碎花睡袍,有些慵懒
在客厅、卧室,有时是厨房
与我谈论人类之爱,或生活的秘密
撇开现实,在某种程度上
它不在这里,它在死人中寻找活人
所以,我们可以找一处草坪小坐片刻
然后,再将各自没入相反方向的单行道
也许今后,在想象中我们仍在一起飞翔
因为,我听见蜜蜂绕着橙子花的响动
像一对翅膀扇动着整个下午
你不可能没有感觉到你的鼻尖、肺叶和血
已被橙子花的馥郁轻轻吹拂

为了未来，没有什么需要捂住或者攥紧

选自《绿风》2023年第1期

评鉴与感悟

诗歌标题"祭奠"，可以理解为对一段已经死亡的爱情之祭奠。爱情死亡的原因是一对伴侣人生阅历相差巨大——"你正年轻，而我已数次看见死亡"——"我""无法进入你的灵魂"去理解"你"那异于常人的想法，而"你"做出了很多努力也难找到与"我"的共同语言，比如"你"试图在各种场合与"我"谈论人类之爱这类话题，然而"它不在这里"。"我"与"你"之间已经有了"死人"与"活人"的差异。一对曾经相爱相拥的伴侣，为了未来，既没必要"捂住"各自真实的想法，也没必要"攥紧"对方，而应分道扬镳笑解烦恼结，只需把曾经那些"一起飞翔"的甜蜜留在今后的记忆中去回味。（谭光辉）

松山半岛

/ 陈小虾

秋天来临时
我们在松山半岛的海堤上
想春天的姐姐和风筝
她们都去了哪里？
还有一个写海的诗人
他在最绝望时，对着大海喝可乐
诗句还在，而他去了哪里？
天边的云映衬在小卖部的玻璃上
你轻声说，这是外婆走的第49个傍晚
我想买一朵云送给你
可是已售罄

亲爱的，松山半岛，山海相依
它伸入大海的部分
并非消失，只是隐在蔚蓝里
瞧，它用浪花一行一行
给陆地写着信

选自《诗刊》2023年第8期

评鉴与感悟

小虾的《松山半岛》是温暖的忧伤。一切都在,一切又似乎都不在。诗的语言是轻的、舒缓的,像"春天的姐姐和风筝","映衬在小卖部的玻璃上"的云。但轻的背后,是锐利的,沉重的。远去的诗人,离开的外婆……"伸入大海的部分"是平静的疼痛,也是汹涌的安慰……突然获得某种和解,纵如大海之大,也是孤独的存在,也需要一个拥抱,以蔚蓝,以浪花,以半岛,以诗行。(刘翠婵)

给你的第一百首诗

/ 程小蓓

我要为你写一百首诗
可十年前你已经为我写了一本
当我再次读它们时
终于从你的话语中
明白了你曾经对我如此宽容

我后悔为何现在才明白
你在爱我时你看到了我的孤独
你忍受了我的冷漠
你忧伤我与生俱来的忧郁
你无奈地看我在焦躁中焚烧自己
你伸手拉住我,不让我掉进
我自己挖掘的陷阱中

如果我今天还能活着
那一定来源于你的生命之吻
如果我今天还可以爱

那一定是你的爱所唤醒

是的，我们已不再有激情
看着满院的落樱我不会落泪
看着樱桃结满树梢我不再狂喜
我们老了，守着屋子里的家具
翻看那些二十年前你偷来的旧书
早晨我为你烧开牛奶
晚上回家时你为我下面条
夕阳下我们在村子里散步
你是我的亲人，我们相依为命

选自微信公众号"诗与画"2023年1月13日

评鉴与感悟

题目"给你的第一百首诗"，泄露出的信息是，这是一个关于往日的纪念，因而也必定是一个"复合的瞬间"，正如一首诗的本质。由此展开的回望，都与彼此有关，"我要为你写一百首诗"，紧接着是"可十年前你已经为我写了一本"，显然，这一百首诗教给她的是，没有任何一个人有能力独自走到存在的最深处。因而第二个关键词是，对话。"我"与"你"的交织存在于这一百首诗歌之间，句与句之间，都是关于过往与当下的回环往复。诗句中关于爱情的事物如此清澈透明，甚至可以从隐晦的意图中滑向这感激所照亮的深处。"我"与"你"活在可感的经验中，而非逻辑的解释中，因为后者恰恰在"我自己挖掘的陷阱中"。

一百首诗之后，"我"开始觉察自己走过的道路，正是延伸自"你"对"我"的宽容与忍受之中，正如《圣经》中的箴言："爱是恒久忍耐，又有恩慈。"正是这长久的相互选择，传授了她把"焦躁"转为"希望"的艺术，并在对日常的不断观看与参与之中，在彼此之间，获得了在无神的世界，唯一所能确信的拯救。（徐小冰）

饮酒者。和他碗中的蓝

/呆呆

夜深了。坐在山坡听夜风拍打透明的身躯
萤火虫搬来的宇宙,一个接着一个消失

荷塘里的蛙鸣。鱼塘里的锦鲤
再怎么倾泻,倒出来的依旧是深蓝。深蓝的银河

村子里的房屋,安静地左右摇晃
四面八方的萱草,羞涩地趴住窗棂

我答应要给你写信,信里必须提到那个老妈妈。踩着空空响的缝纫机
构树的叶子,又纷又乱。飘向我们身后

选自"诗生活"网2023年2月19日

评鉴与感悟

　　一个人坐在山坡上，在宁静的夜晚出神和遐想，这是很多诗人都有过的美好体验。因而，呆呆这首诗让我们读来一下子有了感同身受的亲切。的确，在山间透明的风中，仿佛我们的身体也变得透明，心中会忽然升起一种感动，想向远方一个忆念的人表达……萤火虫的光亮、蛙鸣、鱼跃，都在加深着真空般的寂静，而风中的萱草仿佛在摇晃着老屋。在这样的时辰，当你想提笔写信，心绪像构树纷乱的叶子，这是一种美好的"纷乱"。这是灵感的莅临时刻，只要有可能，就请用诗行记录这种美好吧。（李木马）

穿丁字拖的李白来南山跑马拉松

/ 戴潍娜

这位同志，是谁把李白放出来的？
明明前一秒，他还在神龛上供着，
看守一松懈，神仙就偷偷溜了出去

脱下官靴，换上丁字拖，
李白混迹在南山马拉松人群，一路高兴到自闭
裁判跟不上他的唐朝尺度和深圳速度
八卦岭空留八卦，和李白攀亲戚很尴尬
雨巷里写诗的秘技还系在姑娘的裙裾
吉尔吉斯斯坦也来抢夺这位选手的国籍

说好的一拍脑袋诗酒趁年华
如今演变为一场马拉松竞技
就好像一句三秒钟的轻誓，
谁知却换来了漫长无涯的婚姻。
1261年了，
也不知李林甫的闺女在庐山上修仙得如何？

反正李白拜完李腾空，下了庐山，就来南山跑马拉松

全民马拉松上走走歇歇的人群，
是这座城市年轻的电池；
就像T台上走的都是模特；
就像捷径上才走得出天才；
四处干谒，专娶前宰相之女
一生都在走终南捷径——
那并非"李白成功学"，
是某些时代偏爱让人才走捷径！
千万里路风景压缩进芳华一瞥
一个人的个性渗透进民族性情
唐朝，于是成为诗人的另一种命运。
现在全民马拉松，
千里马要跑马拉松，
连李白来了都要跑马拉松

"上一次您出线，还是在唐朝诗锦赛，"
我代表南山采访李白，"请问下一站在哪里？"
丁字拖抖落一串脚印，代表李白回答我：
像散布一个好消息，我把自己丢在世界各地
如同蒲公英吹散自己娉婷的种子

选自《深圳特区报》2023年12月26日

评鉴与感悟

　　如果笼统且比喻式地说，戴潍娜的写作，常有一个灵动柔软且有少女感的形式语言，而内里裹着一份深情乃至于严肃的老人心。对于现代诗而言，"深情"未必是两性之间，戴潍娜常把"情"作为写作者自身与客观对象、主观概念之间对话的一个纽带，故而山川、人物、故事、信念、记忆，无不成为用心对话的主题，也因之情深于此，就像这首诗，前面部分和结尾的气质是不同的、冲突的。坦率地说，《穿丁字拖的李白来南山跑马拉松》并不好写，容易流为一种喜剧装置而削弱了诗歌本身的文学性。幸好，戴潍娜任"马拉松""丁字拖"与"李白""深圳南山"两组核心意象相互矛盾后又最终调和，如同谐谑曲在末章转进为C大调，诙谐的、解构的语言方式到最后也会留一个正正经经又温和熨帖的结束音，此即是戴潍娜诗歌常有的声音。（伯竑桥）

无可说时

/灯灯

无可说时，登高。望远。怀旧。
和雨水翻越一座又一座山
仿佛，山如故人
重逢，不多言
草木沿着山路向上，山雾中
获得钟声的指引，把哀愁化作清新之躯
山下，妇人舂米，僧人说法
抬眼处山石滚动，滔滔的静默
更胜集市的雄辩

——我都懂。

我取水。侧身。为天地让出宁静。

选自《诗刊》2023年第9期

评鉴与感悟

灯灯的《无可说时》，看题目是一首禅修诗，但内里又增加了哲学维度。维特根斯坦说："但是不可说的，都应该保持沉默。"这首诗中，开头便是哲学和古典的引子："无可说时，登高。望远。怀旧。"开始是虚句，后面就写一件"实际的事"：登山，在攀爬过程中，诗人开始陈述、思考，拨开迷雾，最终获得启悟。"钟声的指引"和"清新之躯"便是对沉重肉身的超越。"妇人舂米，僧人说法……山石滚动"，最后"滔滔的静默"胜过集市的"雄辩"——这里，作者就将那个世俗和宗教中的宁静境界做了对照，得出了自己的思考和答案，无声已胜过有声。写法上，希腊希绪弗斯神话中的"山石滚动"和西方哲学中"雄辩"，巧妙熔铸到叙事之中，东方的虚静哲学和西方的雄辩哲学，形成了对照，作者巧妙展现了东方的魅力。结尾处，"天地让出宁静"是一句加强句，这一句更像是论证，加强"虚静"这一主题力量。（李啸洋）

力量

/杜绿绿

墨汁落在纸上
有微弱的声音传入耳中
书写者都听过那沙沙的动静
似有,似无。
但确实在。有时沉默的房间
使它更清晰——它想被听到——
它说:听到就对了。

听到,使书写者安心,
笔尖的墨
有了理由继续深入白。

黑滚过白。
起伏绞转,拖滞前行。
有多重?比白轻,
却让笔杆绷得笔直。
执笔人不敢松懈,端正脊背

引来全身之力

正视此时。
寂静如海的白，墨
决心沉下去。

选自《人民文学》2023年第12期

评鉴与感悟

能够把一个练习书法的场景，写得如此传神且灵动，这是杜绿绿写诗的高明之处。《力量》一诗，把寂静的空间、氛围、心态、哲理，全都在字里行间呈现了出来：是客观的，也是主观的，是审美的，也是哲思的。诗人运用的是一种情感的对称、颜色的对称，还有心境的对称，把朴素的哲理，渗透进诗行间。黑与白的融入，恰是一个诗人的心境与修行的融入。举重若轻，举轻若重，是这首诗的艺术特色。

（周维强）

长河

/ 杜涯

四月,他们又开始出没在麦地间
拔草、浇灌、察看。蓝色的婆婆纳
闪烁。麦田碧绿,在大地上编排广阔
他们的身影在其中如黑点,游移犹浮动
那是多年前,我走在一些河流边
(寻找并深思:一条河流,一个地方的存在)
我走在河堤上,看见西边天空的长霞
看见罗列的树梢在云霞的天空下娑娑摇摆

然后我看到了他们,在河堤外,在执着于
广阔的田野上,走动、劳作着的他们
五月鸟鸣,六月他们收割,在晴朗或
阴云密布的天空下,他们的身影广是并遍布

后来我从河流边回来了,但我仍时常回溯
穿行、游走在他们之中,旋覆花遍地
我看见他们的劳作、生活,他们收割、婚嫁

他们创造，深坠年节，在桐树下燕燕聚会、欢宴

在城镇，人们也祭祀穆穆，祭奠祖先，向神灵
祈祷。树木开花如安慰，使他们暂时忘却愁忧
正月他们推开晦暗，欢颜走在串亲的路上
初春的柳丝，荡亮了他们的劳绩，生存的高度

而我将再次去寻找永恒之乡，将不朽的消息
将至尊的守护者，为他们带回。那时，他会深沉
察看他们的走动、自然、生死、存续
他们的长河，他们岁光中，沧海已几度变幻

俯身在大地上，空落时常攫住他们的心
春天的岁月，万古久长
时间的长河无尽，时空茫茫
孤独而寂寥的人世啊，你将去向何方？

我站在时空中，看着长河如练
无边的夜晚，我看到他们迤逦走在大地上
繁星落落，孤独而忧伤的人类啊，漫漫
无尽的前路上，必然有你能到达的地方

由是我离开，去寻找永恒之乡。若我寻到
有一天若我归来，唯愿他们仍在，长河依然
旋覆花盛开在大地上，长霞在天
而我坐在河岸上，再无滔滔忧伤、暗淡

选自《诗刊》2023年第1期

评鉴与感悟

诗人小海谈论杜涯时说:"杜涯的诗兼备质朴、典雅、宏阔的气息,是续脉传统、有国士之风的写作,让我们得以重温新古典主义的诗歌风采。"《长河》一诗,气韵跌宕,写到了平原上劳作的人、大地的宽广、河流的蜿蜒,诗人以赤子之心融入、审视、思考、辨析,于结尾处,对永恒之河带来情感上的仰望。其实,面对给予我们营养的母亲河,我们一次次逃离是为了追求个体生命的更高价值,而回归,则是情感的需要,母亲河恒久如一,看着逃离或回归,都以慈祥和温柔对待。这是大河的姿态。(周维强)

我没有写出的词语

/ 段若兮

我写出的词语都在纸上：
被照亮，被看见，被传诵，接受时间的检阅
有形状，有含义，被读出声音
会哭会笑，会叹息，会深思和发怒……
——它们最大限度地表达了自身
也表达了我

可是，我没有写出的词语去了哪里？
——废纸篓？丢失的草稿本？断掉的笔头？
……盲女的眼中？
失语者的喉管里？
我写出的词语和没有写出的词语之间
是什么关系？谁是谁的仇人？或者
谁是谁的……母亲？

——我活在我写出的词语的废墟里
更是活在我没有写出的词语的刀刃上

选自《凤凰》2023年下半年刊

评鉴与感悟

说出的和未说出的，写出的和未写出的，可能具有同等重要的意义。尤其对诗人来说，写出的部分固然"被照亮"在纸上，是诗人对自我的表达，而那些未被写出的，并不意味着就是失语，可能具有更深微的意义。一位诗人既活在"写出的词语的废墟里"，也活在"没有写出的词语的刀刃上"。实际上，这也是诗人在写作中所面对的生命情境，也是诗人在写作中所面对的挑战。大概写作的辩证法也在这里。当诗人犹豫着缓缓说出，可能是一种释放和寄托；当诗人掩饰自己的内心，以无言面对世界，可能是一种深幽的隐秘和对自我的庇护。（吴投文）

登鸣沙山

/ 堆雪

一副，融入苍穹的架势
面对沙子，将瞬间权作一生
像溺水者面对大海，急于洗清罪责
无人的荒原，逃亡者喊出胜利的口号
不再羡慕成功，亦不再计较失策
人生诸多不如意，可就地掩埋
脱掉外衣。丢掉鞋子
赤脚走上刀山火海的人，看见
生命火把一样忘情燃烧的样子

在鸣沙山，取下早已变形的面具
听沙子尖叫欢呼，看风云击掌庆祝
等那个两袖清风的人，用一只袜子
竖起推翻自己的大旗，宣布：
一个无我而又无处不我的消息

选自《青海湖》2023年第6期

评鉴与感悟

《登鸣沙山》一诗由一种绵密的对话构成，人和物在交谈和相互诉说，并沉迷于物我互关的思考和判断。诗人不慌不忙，很从容地把自己和鸣沙山视为一种合唱，并凝听每一个生命的声音，从中找到映射万物的精神来源。（王族）

我们，或之间

/ 朵而

远离人群，我们在键盘上敲击字母
在段落上模仿动物肢体，伸展，弯曲
今晚风很大。猫很野。
他觉得应该将猫关进一个笼子
这样安全

静下来，疯癫是坏东西
《呼啸山庄》里，主人
从情节的无尽悲愤中，挣脱而出
他一激动，托住什么似的
与猫紧紧相拥

月亮站在窗口
跟画里的锁匠很像，长着忧郁的鼻子

选自《诗潮》2023年第2期

评鉴与感悟

在事物的跳跃之间横亘着囚牢，这是朵而暗藏在诗中的隐情。首句"远离人群"，从此，标题中所谓的"我们，或之间"实则是自我关系，"自我"占据着一切空间并在其中滑动，不断向外界折射与这个世界之间的联结。但这种折射是困难的，需要借助无数介质，比如"猫很野"，比如"《呼啸山庄》"，比如"画里的锁匠"的忧郁鼻子，都在朵而那里转化为一个个尖锐的自反，"静下来，疯癫是坏东西"。一种囚牢般的挣扎发生在自我命令之中，而"从情节的无尽悲愤中，挣脱而出"，转而"与猫紧紧相拥"，在朵而这里，"托住"的动作象征着对自身之中的那个"他者"的接纳和同情，也决定着她投身世界的那个瞬间。正如"月亮站在窗口"，以"去肉身化"的隐喻现身，不仅是对自我身份的背弃，更是对精神身份的澄清，后者必然伴随着对肉身身份的灼烧与创伤，犹如对二元结构的非暴力不合作式的拆卸。

朵而用这首诗证明，只有在"人群"之互动中实存是一个伪命题，反之，人只有在自我关系中才能呈现出与世界的深度关系，而这种存在的密度，又必然以其强度之绝对，无尽地抓取无穷事物之灵魂，是为"段落上模仿动物肢体"的跳跃，捶打"我们"与"我"的和解之美，之艰辛，之不可能。（徐小冰）

天堂来信

/朵渔

有时静下心来,想听听自己内心的
声音,听到的却都是哭泣

依靠什么,才能将一种枝繁叶茂的风格
带回自己的人生,而不仅仅是一种哀悼?

依靠什么,才能从一种被质押的人生中
逃脱出来,不再恐惧,也不再欠人间的债?

长夜都是沉寂的时刻,只有罪人们在交欢
我也一直想得过且过,但就是过不去

试试只为一句想象中的祈祷词而写作
让诸多词语聚合为一个简单的发光体

试试吧,试试用笔去轻叩星空的大门
为你开门的,必为你带来一封天堂来信

幸亏有星空的教诲，让我不必去读人间
这部书，也能将人的形象写下来

选自微信公众号"地球旅馆"2023年1月8日

评鉴与感悟

　　真正的作家和诗人，是那些经常能够静下心来倾听自己内心声音的人，朵渔就是这样一位令人尊敬的成熟诗人。多年来，他像一块不为现实所染的"固执的水晶"，保持了自身独立性和知识分子的纯度，他以冷静视角对现实清晰与犀利的认知，我们不必苟同但应当尊重。而他诗中那些失望与不满的清醒的雨滴，并没有浇灭心中对世界的温情。依靠一种力量，从一种被质押的人生中逃脱出来，他在作品中表达出很多同道中人的身心诉求。朵渔一直在探索和尝试精神的救赎，他是一个拖着沉重的脚步习惯于仰望星空的人，他也能真切而虔诚地领受"星空的教诲"。（李木马）

求婚的巴特尔

/戈三同

羊群出栏后，草场空下来
一个人的时光，他喜欢
在经常摊开羊群的地方出现

有时，他像草地上
一块静默的石头
风掀不动

有时，他像一脉横卧的罕乌拉山
突然躺下来
替八百亩辽阔，长舒一口气

有时，他赶着羊群
去见琪琪格。隔着一条河
姑娘一眼就瞭见——

一群羊，缓缓地

以一片硕大的，云涛
朝她翻滚而来

选自《草原》2023年第2期

评鉴与感悟

从羊群到羊群再到羊群，这是典型的草原以及牧民们生活的景象了。然而羊群之后的"空"又隐含了什么？巴特尔上场了——"他喜欢/在经常摊开羊群的地方出现"。这是对于我再熟悉不过的事情。继续被展开"突然躺下来/替八百亩辽阔，长舒一口气"，心动的时候就是这么舒张着，而此时此刻在河的对面——"姑娘一眼就瞭见——"……神就神在这求婚的巴特尔没有一句话说出。诗人替他表达得恰到好处"一群羊，缓缓地/以一片硕大的，云涛/朝她翻滚而来"。这首诗说白了就是我们牧区生活的一个特写。（斯日古楞）

宽窄

/ 宫白云

每当我看到宽阔、宽容、宽恕
这些字眼，就鬼使神差地想起那年夏天
那么宽阔的江水
竟然淹死了一个活蹦乱跳的男孩子
我忘不掉分开人群时
他躺在那里
只占用了大地那么窄的
一小块地方

选自《延河》2023年第1期

评鉴与感悟

我在几年前的科尔沁诗歌节上见过宫白云，诗友们一起在草原上漫步，探讨诗歌创作。我经常在报刊和微信上面关注她的作品。她的诗理性、宽博且不失温暖与深度，有着文本与本质的双重力量。在这首短诗中，我更多看到的是她对生命简洁而深刻的认知力量。我们可能都会注意到文学作品中悲剧的力量,悲剧性和残酷性的体现,主要是对死亡的面对与认知。我经历过唐山大地震,有过濒临死亡的切身经历,甚至也目击过溺水而亡的少年,那种无法用语言表达的无力与追挽,以及对自身无法挽救逝去生命的失望与无力感,成为我最深切的生命体验。这首诗,再次触及了我身心中最柔软的部位,也让我们对生命的珍重与创造之心更为迫切。(李木马)

那成群结队的黑色翅膀啊

/ 海男

移动的诗句像一座古老领地,炊烟引来
饥饿的兀鹫,那成群结队的黑色翅膀啊

饥饿游戏从古洞穴中开始向外迁移出去
一个神话故事的开始像翅膀替代了时间

创世纪前到处是沼泽恐龙们巨大的躯体
化成了火。燃烧结束,地球慢慢地变安静

有了昆虫植物大战,诞生了细胞的循环
造山运动将屏障升高几厘米再变成高峰

仿佛又回到了一座领地看见了佩戴钻石的
领主。她带领一群人正在战役中避开弓箭

营地上升起了篝火,石头垒起了城堡
我们的故事就像围棋布局了生死界限

活下来吧,我额眉鼻翼都在寻一本羊皮卷
源头。兀鹫飞走了,白鹭引领我泊于湖畔

黑与白,像千古愁从棋牌游戏中找到了母语
说吧:点一盏煤油灯将暗夜度过的人是谁

那一群黑色的翅膀下,我站在崖画前:
古老的时代啊,我曾在此织布捕鱼做女人

选自《安徽文学》2023年第1期

评鉴与感悟

海男在多年跨文体的文学创作中,保持了她敏感而天真的想象能力,这种想象力中还新鲜葆有着持了一种纯粹性和纯洁性的向度,这也是她赢得同道们尊重的地方。这首诗让我们仿佛看见了几千万年前的恐龙时代,沼泽、昆虫植物大战和天火渐渐熄灭之后,地球变得安静,缓慢的造山运动,原始人群,篝火,城堡……以及象征恐惧的兀鹫和象征唯美的白鹭,她仿佛轻松地把我们的感觉带到了洪荒岁月。而这一切,可能是一个女子站在岩画前出神的猜想。在诗的结尾处,她举重若轻地把自己摆了进去,由一个遐想者与观望者,瞬间成了漫长时空中的生灵主角。(李木马)

河水

/韩东

父亲在河里沉浮
岸边的草丛中,我负责看管他的衣服
手表和鞋。
离死亡还有七年
他只是躺在河面上休息。
那个夏日的正午
那年夏天的每一天。

路上偶尔有挑担子的农民走过
这以后就只有河水的声音。
有一阵父亲不见了,随波逐流漂远了
空旷的河面被阳光照得晃眼
我想起他说过的话
水面发烫,但水下很凉。
还有一次他一动不动
像一截剥了皮的木头
岸边放着他的衣服、手表和鞋。

没有人经过

我也不在那里。

选自微信公众号"一见之地"2023年4月28日

评鉴与感悟

　　为在河里游泳或捕捞的父亲看管衣物，这可能是很多男孩都有过的经历。读到韩东这首诗，我瞬间就想起七八岁时为在家乡的陡河里游泳的父亲看管衣物的情景，印象最深的是为他抱着衣服和拎着小船一样的鞋子，在河岸上追着河里的父亲奔跑。韩东的诗，总是充满了隐喻和象征，他诗中的河水，还象征着时间的河水与生命的河流。的确，在时间的河流中，有谁不是一截随波逐流的木头呢？后来终极的情景是，仿佛"没有人经过/我也不在那里"。这首诗，让我们闻到了夏日河边青草与河流的气息，也似乎以通感的方式联通了我们久远的生命记忆，因为说到底，对华夏文明而言，河边，是我们生命的诞生和繁衍之地。（李木马）

秦江渡轶事

/ 韩少君

码头消失之后，下河
取水的人，会在那里
多坐一会，时常谈论
客轮和远去的汽笛时代。
旧式建筑，石头鱼，几处
铁疙瘩，削成梨状的云雾山
一起移进一本蓝色旅游手册。
"故人不可见，汉水日东流"
古老襄河，悠悠漫漫
交给落日照料。黄雀
划过小江湖，甩出
长长的虚线，千里之外
有人找到了它细小的源头
秦岭南坡，扒开几片
深秋的落叶，掬起
清冽溪水，他洗了一把脸。

评鉴与感悟

"码头消失之后",一种毫无修饰的叙事,给了诗人写下去的理由。简单表达,没有装神弄鬼的神秘,以一种直白的形式打破修辞,不解释,不说明,将生活的细微直接引入诗歌的内在品质。诚实构成了诗歌的基调。短诗似乎要完成关于生命、文化的一次汉江溯源。"客轮和远去的汽笛时代",带出万物更迭,含有对一个时代的眷恋和惆怅。

从诗题到诗句都可以看出,作者没有抒发空洞的情感,也不刻意营造意境,只想将秦江渡往事、前世今生赋予生活的画面感,把汉江自秦岭而出,给予江汉平原祖祖辈辈的生存、生活之恩,以一种文化审视的态度形成独特而舒缓的诗歌构造。

这是一首带有深层思考的诗歌作品,诗人以一种回溯、求真态度由现实所感复原生活的状态,甚至向未来的可能无限延伸。(梅云金)

旷野

/ 韩宗宝

后来我又看到了那片旷野
横亘在铅灰的天空下面
似乎看不到它的边界
荒凉还驻留在那里

荒芜的土地杂草丛生
看上去起伏不平
那些色彩隐约还带着点悲伤
但已经微不足道了

那是你所画的一幅油画
我知道你画的其实并不是旷野
而是你破碎过又重新平静
安歇下来的灵魂

选自《诗刊》2023年第7期

评鉴与感悟

  法国印象派大师高更有一幅名叫《旷野》的画作,在他的笔下,旷野荒凉,却又有一种远离尘嚣的静谧与高贵。我不知道诗人面对的是否是这幅画,是否在尝试进入这幅画的精神世界,但从某种意义上说,他的确抵达了画家内心的艺术指向——不可否认,旷野有一种被遗弃的荒芜之感,然而,恰恰是这种荒芜,让它保持了一种源自天地之初的纯粹与自足。不同的是,画家表达的是关于灵魂的印象,诗人完成的是灵魂的确认。(辛泊平)

松针

/何向阳

站在辽阔的
原野之上
我想起那个
热爱在诗中描绘
松针的人

暴雪将至
地上松针铺满
疼痛　间有
松果　上苍
完美的杰作
层叠均匀
对称而又温和
它们是否也在
等待　那个
把它们写入
诗中的

少年

自然的律动
赭色的回环
松果　完美的
杰作　上苍
谁的手将它造就
一只松鼠
跳跃前来
目光如炬　如豆
我俯身而坐
臣服于这万籁
音符的组合

寂静
一颗松果
停在我和松鼠之间
我们同时听到
松针的低音
但什么在簌簌下落
在写松针的诗人
还未抵达的
这一小块
时间

选自微信公众号"万松浦"2023年11月7日

评鉴与感悟

在何向阳这里，我们看到并相信，诗歌作为隐喻的艺术，可以修炼到小说家的冷静与朴素、精准与力道。语气舒缓而内心凛冽，短句直书犹如提着鞋子大步慢走，步步如锤却落地无声。她往往在语意拐弯处戛然而止，这种呼吸蓄势与节奏转向，在阅读者的惯性预期中创造了一个个近乎垂直的审美倾斜，以词的阻隔，加强诗的陡崖之陡，丰富诗的意外之意。

何向阳具有摒弃意象叠加的高度自觉，时时克制着形容词和抒情性的推波助澜。她精通修辞的点穴术，喜欢娓娓道来的冷静书写，句到，辞到，意到，让诗歌的痛与痒，瞬时发生，不拖沓，不隔靴，不装饰，不甜腻。阅读何向阳的短诗，并非如阅读小说那样顺流而下，往往是柳暗花明之后的一次次逆风问路。

当松针成为隐喻，暴雪将至、疼痛、写诗的少年，当松果成为隐喻，寂静、松鼠、我，就构成了两个可以互文的修辞系统。这种想象的场景被悬置于"辽阔的原野之上"，"上苍""万籁""簌簌下落"之物，因为被嵌入了时间意识，人的在场，被深化为生命的真切。

松鼠来到松果面前……松针也将等来喜欢在诗里描绘它的少年……诗中发生的，还没发生的，写出的诗和没写出的诗，生活中已经经历的，还将经历的，这一切，可能都是上苍的意思，天定的事，都如文字之见证。白纸黑字，悲喜自知。人生如逆旅，写好一首诗，翻过一道坎，无关超越，翻过也就过了。

"写松针的诗人/还未抵达的/这一小块/时间"，既是诗的时间，也是诗人的时间，更是有可能突遭暴雪的所有人，共同的时间。暴雪将至，诗歌推迟它，缓解它，抵挡它，也不得不迎接它，面对它。寂静可以暂停，万籁用来臣服。何向阳立虹为记：身如燃，心蓬松，生命疼痛，而诗歌铿锵。

诗歌并非灰烬，它是这次燃烧和下次燃烧之间的停顿。这停顿，是基于对时间的敬畏和生命的热爱，是灵魂的问号，或者叹号。在向外求救和向内鞠躬之间，何向阳笃信后者，并以诗为证。（徐俊国）

云起处

/何永飞

群峰行走，步履轻盈，弃闹市
草木抓到天空的回音
陷入悲歌的仙女，腮边不再有泪痕
爱的碎片，落进完美的结局

虎王背上的版图与毛毛虫背上的版图
一样大，一样生机勃勃
麻雀与白鹤，交换羽翼，互赠体温
一滴干净之水救起一条枯河

妖狐洗心革面，自毁蛊惑之术
猎枪深埋于经卷，或修复的观念
老马返回岁月的源头
乱石中，跑出玉兔、花朵和日月星辰

幽谷更幽，村庄无比鲜活
墓园和寺庙相互靠近

或离开，或归来，生命都不曾缺席

能飘起的，都已清除体内积压的怨恨

选自《四川文学》2023年第2期

评鉴与感悟

　　《云起处》得名于"行到水穷处，坐看云起时"，写的也是"水穷处"，但他写的是水资源危机，"一滴干净之水救起一条枯河"的窘境。与王维诗中的恬淡静美相比，何永飞呈现出的是"陷入悲歌"的窘迫、恐慌。仙女最后一滴眼泪都枯竭了，"腮边不再有泪痕"，"墓园和寺庙相互靠近"，加重了这种生态危机带给人们的恐慌感。但诗人并不悲观、绝望，诗中万物的互助自救，"麻雀与白鹤，交换羽翼，互赠体温""妖狐洗心革面，自毁蛊惑之术"，令人动容。鸟兽、妖魔尚如此，人何以堪！诗人呼唤放下"猎枪"，减少伤害，同心呵护自然，不让生命缺席，用心良苦。此外，文白互渗、惜墨如金的简练诗风，亦不啻为生态文学的践行。（施远方）

饺子

/侯马

我见到了伟大的狱警
他在除夕给囚犯端去饺子
我也见到了伟大的囚犯
他放着不吃说是没有醋

选自微信公众号"十行诗"2023年7月18日

评鉴与感悟

  我对侯马诗歌的喜欢不是阶段性的,而是持续性的。这种喜欢起源于他的"九三年"系列和那首《种猪走在乡间的路上》,当读到《他手记》时,这种喜欢就已经变成了折服。侯马似乎拥有一把无形的语言之剑,他总能在人性批判的较量中一剑封喉,那首《披着羊皮?的狼?》是,这首《饺子》亦是。(邰筐)

小满，想想我的一生

/花语

太阳抵达黄经60°，该下雨了
小江小满，大江大满

麦子抽枝拔节
该灌浆了，谊品生鲜超市门前
一个昂首挺胸的女孩
高昂着她的骄傲，志得意满
我和她走在命运的两个极端
焦虑，疼痛，惶惶不安

在这样一个节气
想想我卑微的一生
从未停止挣扎的一生
曾被人称作飞机场的一生
缺少浇筑，忽略装饰的一生
低如尘埃，渺如草芥的一生

忍不住，掉下泪来

选自《文学港》2023年第1期

评鉴与感悟

印象中，诗人花语一身侠气，富于激情和创造力，往往可以通过很小的东西写出诗歌强烈的雷电效果，诗风具有浓烈的自白意识，充满个体我的生命经验与体验。好的诗歌大都与生命或生活息息相关，生命的经验也好，体验也罢，当它们与诗歌产生一种隐秘的联系，诗句就会像河水一样从容流淌。花语的这首诗就是如此。在小满这样的一个节气里，诗人从大自然的江河到麦子的灌浆再到超市门前昂首挺胸的女孩，很自然地把人生的旺盛期与自己人到中年的"焦虑，疼痛，惶惶不安"隐秘地联系起来，特别是五个人生的排比不仅让我们看到了一种"活体的人生"，更是把一种强烈的人生感触前所未有地释放出来，特别是由女孩的"饱满"引发的对自己"飞机场"的隐喻，虽是最日常不过的，但给人一种很奇特的身体感受。最关键的还在于五个人生的排比以最简练的方式把诗人复杂纷繁的人生概括尽致，也把尾句的"泪水"落到了实处。整首诗在诗境的渐次生成和饱满中让人感受一种心灵深处的颤抖和人生的酸甜苦辣，充满性情的真粹与内存的深度。（宫白云）

燕山

/霍俊明

燕山林场
任何乐器都不能模仿

放下重负的人
一次次来到山中

斜坡在缓缓抬升
草场是生活的另一面

偶尔有伐木者
穿过摇晃的树林

天冷暗下来
大风骨节裂响

树身滋养浆果

枝干即将成为炭火和灰烬

选自《北极光》2023年第1期

评鉴与感悟

作为燕山之子，霍俊明对北方有着独特而切身的生命体验与精神感受。而我觉得，这首诗中的"燕山林场"可能是他的"精神道场"。我和俊明一样，喜欢到燕山的山间林地散步与思考，也像他一样发现每一棵树都是一件不能相互模仿的乐器。的确，不由自主地进山走走，多数时候是为了放下心中的某些负累。缓缓抬升的斜坡，既是脚下的道路又是自然抬升的视线。很多时候，绕过一道山坡或垭口，在自然推进的移步换景中，我们会看到、感知且安然认领"生活另一面"的草场。而"偶尔有伐木者/穿过摇晃的树林""天冷暗下来/大风骨节裂响"都在暗示我们生命中那些破坏性的残酷力量的存在。是的，生命与生活总在矛盾与悖论中行进，"树身滋养浆果/枝干即将成为炭火和灰烬"，是必然，也是宿命。（李木马）

雪

/ 吉尔

在遥远的东北
我逝去的姑姑,走失在一场雪里
我从未向世人透露
两个姓氏之间的秘密

像一把洁白的盐
骤然而止的雪
落在嘎吱作响的雪上
谁是更遥远的雪

我在新疆的倒春寒里想起这一切
悲伤和我隔着一条黑龙江
我们之间的亲情,像一片广袤的冻土
我的父亲,从未向我说起
他的亲人

选自《北方文学》2023年第6期

评鉴与感悟

吉尔的诗歌大多感情充沛,语言深处总有一股澎湃的力量撞击读者的心灵,她的作品中的西部神性与内心复杂的情绪相互交织,形成独特的诗歌画卷。这首诗一反常态,以冷静克制的语言抒写了诗人对家族历史的沧桑叩问与回溯,对家族根脉的追索与诗人内心的归旨合二为一,从而更加深化了诗歌的情感,精致又沉实,简单又深刻,是让人爱不释手的短诗佳作。(赵亚东)

本无结束

/ 见君

我丢的那束光，化作了一缕炊烟，
而你丢的那束光，却被我捡到，
装进了密封袋中。

你洗干净手，
把那些书本，塞进自己的身体里，
你的眼睛开始发亮，
说一些不着边际的话。

我不再走来走去，
站定了，盯着天花板上的那个窟窿。
一只手伸出来，
触摸我的苦恼。

挂在墙上的钟表，
满脸笑意。
它在用嘀嗒声，布下道场，

跟死人说笑。

选自《诗选刊》2023年第7期

评鉴与感悟

诗人通过超越一般性生活经验、思考经验和情感经验等先验、超验的感知，创造性地营造了一个新奇、哲思、幻象又真实的文本世界，来阐释眼睛所见现实生活表象之下的混沌性、多义性、歧义性，甚至荒诞性，勇敢地求真、诘问人类、人性所面临的种种问题。

这首诗在语言上也具有鲜明的个人特点，通过自我认领、命名的独特意象如"光、经文、密封袋、书本、窟窿、钟表"，禅意的句子如"本无结束"以及象征、联想、暗指、悖论、反讽等修辞方法，开挖了诗中的密道，拉开各种空间，把读者作为平等的对手，既设置了各种障碍，又提供了误读的机遇。（白墨）

我的栗色马和狮子

/江非

人们都曾问过我
我为什么来到这里
我给他们讲述的答案都是
我想到更远的地方看看生活
从西太平洋到南太平洋
看看那里的人和日子
我从没有提过我是失望于友谊
我是实在不想再在原来的那个地方
心疼地看着人不能回到自己
犹如溜冰场上穿上冰鞋的孩子
每当回乡下老家时，我也不想
再走过村前果园里那片密密麻麻的坟地
人在哪里不能生活
但我来到这里
我还想到更远的地方，中亚
或是荒凉的北非高地
但正当我想起身离开时

一个女人来了
然后，她又走了
把我最后的心也绞碎带走了，我的那颗心
曾是我的栗色马和狮子，充满了真爱
曾是我的全部

选自《朔方》2023年第2期

评鉴与感悟

"想到更远的地方看看生活"是江非在诗歌创作中一个多年恒定的理想。从早年的《一只蚂蚁上路了》，他就开始表达出这种艺术愿望。文本、故乡、亲情，是江非的诗歌关键词。在他的诗歌中，阅读和想象经验的比重在逐渐扩大，江非正在成为一个智性诗人与知性诗人。而故乡与亲情也越来越成为诗中稳定而坚韧的隐线，生命经验与阅读思考经验让他的艺术飞翔，张开了稳定而有力的翅膀。我感兴趣的是，他的想象经常顺着阅读与想象的路径出走，有了"跨版图行吟诗人"的倾向与特征。显然，江非已经不满足于生活的半径与疆域，他有着让人看好的更大的思想版图与更高远的诗歌理想。（李木马）

山中

/江离

只在此山中,云深不知处
　　　　——贾岛

当我们说起山
它总是在我们的想象中——
崇山、幽谷、云雾
不能尽言的神秘归之于此
不周山撞断后日月西行
西王母的瑶池在昆仑山上
晋人王质在山中观罢棋局
他的斧柄已经腐烂
开放的空间和塌缩的时间,托举着
有死者的世界
这些都是远古的传说
更切近的,是诗画中描绘:
南山悠远,蜀山险峻,溪山雄伟
它们构成了

自然与精神的双重境界

几处远山，在《水村图》的尽头

暗示着我们的生活需要的远景

不至于太高也不会太低

超然，但不是超验

……机翼流金，如大鹏御风

往下看，千山已如平林

山中，风吹落了松子

那时，我们这些丹丘生、岑夫子

正举起杯中的青山，饮下世间的繁露

选自《青年文学》2023年第3期

评鉴与感悟

江离的诗以精练与准确见长，但相对隐秘的是，在观念上，我认为他的诗呈现了中国人特有的中庸之道。前者——精练与准确——发挥的是解释世界的作用的；而后者起到的则是建构世界的价值。也就是说，江离的诗一方面避免了观念诗的盲目，以世界的事实性克制了诗人的主观，但另一方面，情感仍然构成了诗的中心。这首《山中》也体现了上述特征，在论述了山的自然性质与其在历史文化中的定位之后，诗歌最后的目的朝向了我们应该如何生活的设想，这一设想是中庸的，并由此构建了从实然向应然转换的严密链条。（楼河）

春天真的要来了

/金铃子

南山的梅花,说碎就碎了
那只乌鸦站在梅枝上,像枝上的一个死结
它不叫,它一叫就情深

过于安静。只听到捡起花瓣的声音
花瓣在她孤独的掌茧里,掩埋的声音

这意味着一年最后的时光,握不住了
这意味着,春天真的要来了

选自《诗潮》2023年第10期

评鉴与感悟

诗人于坚说:"一首诗是一个场,每首诗都指向一个仪式。"在这首诗中,诗人金铃子恰如其分地安排"梅花""乌鸦""花瓣""手掌"等意象的位置,构建了一个可视化的场,同时揭示了"冬去春来"之间演变的仪式,自然的仪式,"南山的梅花,说碎就碎了""……这意味着一年最后的时光,握不住了",便是有力的佐证。梅花绽放,却因为某种原因显得脆弱和孤单,而乌鸦则静静地站在梅枝上,似乎也有着某种深藏的情感。整体氛围蕴含着一种安静和孤寂,仿佛在述说着一段岁月的沉淀和情感的守望。诗人隐藏在诗中的、那个情感的仪式(是的,诗人的情感是需要藏起来的,借助于外部的象),我暂且摸不准,因为每次阅读,我都有不一样的感受,这无外乎受情感、诗歌空间、留白等因素的影响。如果,没有这样的感受,我会直接弃读,因为在我眼里,好的诗歌除了具有准确性、凝练性等最基本的特征,更应该具有浅层次意思和深层次内涵,它应该像风干的牛肉那样,可嚼、耐嚼。作者以细腻的语言描绘了一年季节更迭的过程,将梅花凋谢、乌鸦站立的意象与季节交替联系在一起,呈现出一种鲜明的对比。握不住时光的无奈与春天来临的喜悦在文字中相互交织,给人以对生命、自然和时间的深刻思考。(程渝)

珍贵

/康雪

那只小花鹿从森林走进你的清晨
它的前蹄刚踩上地板
就消失了
消失得那么快,而那个月牙状的停顿
还在地板上散发着潮湿的气息

你突然惊醒。旁边是仍在发着低烧的
小孩,她滚烫而柔软的小脚
刚从你的手心挣脱
但你感觉到,一个炽热而忽远的形状
还需要被你握着。

选自《文艺报》2023年6月21日

评鉴与感悟

在诗歌中，表现梦境是很多诗人的愿望和写作经验。康雪在这首短诗中对梦境的抓取和与真实生活细节的搭接能力令人称赞。小花鹿、小孩，月牙形的蹄印、滚烫而柔软的小脚，意象之间的观照达到天衣无缝的熨帖与完美。诗人把梦中之境的意象和生活中的亲情细节巧妙地融会在一起，实现了一种梦境与现实互映式的平衡，让人透过想象与现实之间的那层薄雾般的帷幔，触摸到一种生命的美好与亲情的温度。是的，带着生命温度的亲情需要这样"被你握着"。（李木马）

柠檬风暴

/蓝格子

一箱柠檬
从安岳来到成都
成熟得刚好
我想象它们挂在迷人的果园
但不是西西里的小岛
一些柠檬由绿变黄
完成理念的转变
当它们从高高的树枝
进入竹编箩筐
携带着夜晚透明露水和星空
这通常会
引发一场浪漫主义的遐想
而事实是
我要泡好一杯柠檬水
需将其中一颗柠檬取出
洗净、切片
再投进玻璃杯

落入水中的刹那
酸度获得释放，沉沦
崩溃自上而下
但柠檬足够决绝
它用命在水底制造风暴

选自《中国作家》2023年第5期

评鉴与感悟

　　日常的诗意，也许可算作蓝格子诗歌写作的一个特质，因为她总能从平凡的日常里开掘奇迹，从普通的事物中洞见幽微。《柠檬风暴》一诗初看粗粝而平常，细品却意味幽远。安岳到成都，果园到厨房，绿到黄，"夜晚透明露水和星空"的浪漫主义到"洗净、切片"的现实主义，诗人聚焦地理、处所、色泽乃至象征意义上的转变，也对焦其迁徙、成长与变化，耐心地堆积和渲染之下，柠檬酸充分释放和沉沦，"崩溃自上而下"，一颗柠檬决绝地制造了风暴。诗人于此见好即收，诗歌的张力几近极致。回头看，柠檬的每一次转变，何尝不是一次次小风暴？当然，柠檬不是唯一的水果，水果不是唯一的事物，柠檬的风暴，又何尝不是我们的风暴，万物的风暴？（若非）

锦瑟

/ 蓝紫

弦乐的颤音消失在夜幕中时,她望见
传说中鼓瑟的女子,乜斜的眼帘
坦露春天的心事,身后是无边的烟雨

庄周什么时候会梦见自己?而不是蝴蝶
在月夜,昆虫幽会的灌木丛中
也有爱情的腥味,那些遨游的生灵

丝毫不理会望帝的幽恨,只仰望杜鹃
眼中的沧海。月光照耀迷失的人
从树林的原路返回,她捏紧衣角的手
始终沁润汗珠,她的头颅低垂

白色风衣塑造林中行走的身影
记忆融满道路,晨曦与皎月之下
的沉吟,再次潜入眼前的风景

而这样的情景早已不再陌生

选自《星星（诗刊）》2023年第31期

评鉴与感悟

《锦瑟》是李商隐最难索解的作品之一，女诗人蓝紫却给出了另一种解读。现代新诗《锦瑟》有弦乐般的舒缓与平静，亦有心曲的咏叹与变奏。"她望见/传说中鼓瑟的女子，乜斜的眼帘/坦露春天的心事"，作品从一开始就进入到平稳的节奏中，好像词语在作者的笔下都会呼吸。诗人着眼于置陈布势、古今形象的叠合，呈现出浓烈的画面感与空间感，并以细腻的笔法塑造物象的形态，一词一句都在摅其心意，虚实之间，相生相发，诗歌里的物象表现与生命形态秀润而雅逸。"记忆融满道路，晨曦与皎月之下/的沉吟，再次潜入眼前的风景/而这样的情景早已不再陌生"，因心造境，而又意到为止，其灵思在于对物景的彻悟之中。读蓝紫的《锦瑟》，会感受到诗人"自我""孤寞""伸展""延拓"的生命体验。（蒋楠）

老房子

/ 老四

无非变旧了,天花板上长了几个洞
无非多了尘土,多了蜘蛛,多了蚂蚁
无非青草钻出地砖,山楂树亭亭如盖
无非我不在的时候,更多蜻蜓睡了我的床
看到了过去的少年,他的母亲、父亲、弟弟
他们从一个门出来,走进时间的窄门
还有一只小狗,黑白花纹,摇尾乞求
我的爱和抱它打滚。它死于一包老鼠药
无非偶尔进来,和旧时光聊会儿
青苔上长满青苔,花狗上长满花狗
无非人到中年,我身上长满了父亲
老房子上长满了老房子,天涯长满天涯

选自《星星(诗刊)》2023年第1期

评鉴与感悟

老房子是当代诗歌中非常常见的一个意象，这类诗歌写法都非常相似，大概都是由老房子的现状追忆到老房子的过去，最后再感慨时间的流逝、亲情的珍贵。老四这首诗了不起的地方在于他用大众的叙述模式和标准的诗歌语言写出了全新的、独特的、深刻的体验，使这首诗一下子超脱出来。

这首诗并不是简单的抒情诗，作者通过对老房子的过去与现在的对比叙述，深刻地洞见一种重复的又无可奈何的命运。这使得这首诗有了一种朦胧的悲剧色彩。作者谈到那些从老房子走出来的人，进入了时间的窄门。窄门是《圣经·新约》中的重要概念，耶稣说："你们要进窄门。因为引到灭亡，那门是宽的，路是大的，去的人也多。引到永生，那门是窄的，路是小的，找着的人也少。"窄门通常也就意味着正确的道路，那么这种重复的命运实际上也是在一种正确的道路上重复的命运，我的命运重复父亲的命运，新的房子重复老的房子，一切都在重复，一切却又走在正确的道路上。这种正确正是无可奈何的原因。（苏仁聪）

明月的下落

/雷平阳

在蒙化府，我被两个人迷住
一个是遁迹于庙墟的晚明皇帝
另一个是云游乱世间的和尚
有可能从属于同一躯壳的
这两个人，互为傀儡和假象
在别人的幻觉中找到了真实的道场
或鸽子笼。除了他们
我还对第三个人倍感兴趣
他是一个诗人，名叫陈冀叔
身患洁癖和自闭症，一生骑在驴背上
头戴斗笠，只饮用雨水，自绝于土地和天空
死神降临前，他在怒江边的石壁上
凿了个大窟窿，把自己封存在里面
之前，他一直打听明月的下落
后来，明月照着蒙化府
每天都在寻找他的下落

选自《大家》2023年第1期

评鉴与感悟

雷平阳像一位魔术师或者巫师,多年来一直痴迷于这种特立独行的"诗中穿越"。不同年代或身份迥异的人,常常在他的诗中相遇,两个人共同居住同一个肉体,像戴着面具的傩戏人一样"互为傀儡和假象"……显然,他一直在诗中相信和确认着一种介乎于幻觉与真实之间的生命状态。他的诗还有着讲故事的口语化特征,像讲述,也像呓语,读者明知道他在呓语,但同时又乐于相信。在他的诗中,我们经常能看到河流、庙宇、云游者等等熟悉的意象,也经常领略到真名实姓的人一些匪夷所思的超现实举动。显然,他在诗中暗藏了自己较为持久与坚定的隐喻意图,他试图在这种似乎离奇的自圆其说中,找寻某种诗歌艺术上的真相或者真谛。(李木马)

我所梦见的火焰

/李浩

每日早晨都如此开始，闹钟，鞋子，穿灰色的衬衣
它显得极为陈旧，我经历了无数次；
男人四十，我忘记了什么还可以期待，我已经冷
　　漠，看惯了世事
——可那个早晨，我还是梦见了火焰

我对火焰的惊讶，对梦见的惊讶，是它离开了我的
　　理智
但它，绝对构不成事件。那日的早晨
仍然按照闹钟、鞋子、穿灰色上衣的顺序开始
火焰在我的梦中停留了十秒，而在醒来之后——

具体到我每日的生活，应用比喻显得矫情，甚至可耻
我只说，我和所有的人一样，只是
偶然地发一会儿呆，盯一会儿飘起飘落的尘埃
具体到我每日的生活，除了慢慢发胖，有了一些
麻木，时好时坏的病症，几乎再无话可说。

早在三十以前，我就感到自己老了，生活成为一种
　　丧失

想起我曾经的梦见，是多日之后的黄昏
那时，我已经忘记了它在梦中的颜色，形状，痕迹
我记起的只是这一个写在纸上的词，用碳素笔写
　　下的
黑色的方块汉字。我和它之间距离遥远
在我具体的生活，再没什么可能构成火焰

非要为梦中的出现找一个解释，我想是
因为冷的缘故，我在冬天的夜晚，毫无知觉地
踢开了自己身上的被子。

选自《十月》2023年第3期

评鉴与感悟

从题目看，《我梦见的火焰》是一首极具象征意味的诗作，"火焰"作为对象化的客体而存在，以其强烈的隐喻色彩统领全诗。以梦中的火焰为介质，诗人在梦境与现实之间穿梭，将所要表达的感受和思想，置于一场对某个早晨发生的梦境的叙说和回忆中。尽管诗人强调做梦这件事构不成"事件"，但当它进入叙事后已经不折不扣地成为"事件"。我们知道，叙事的目的并不是为了讲"事"，而是为了生产意义。这首诗一方面批判日常生活的僵化、枯燥和单调，以及由此带来的麻木和冷漠对生命的腐蚀性。哪怕一个仅有十秒的梦境已经足以让自己记忆和书写，日常已经何等庸俗！另一方面，结尾部分在梦和用无意识踢掉被子的冷之间建立因果关系，这种本能反应是人对温暖的渴求，更是对现实的反抗和对自我的指认。与现实的对抗和对"我"的召唤，是这首诗最重要的情感指向。（桫椤）

火车一直向西收拢着夜色

/ 李木马

火车，向西疾行
还是没能追上迅疾下沉的夕阳

于是它开始沿途铺展夜色
像铺着无边的黑毛毡，迅疾而细心
不忽略每一寸大地
当一列火车把世界铺满黑暗
就开始收拢夜色

我看见擦身而过的火车
细心地把沿途的每一盏灯火
一一收进车厢
和某位靠窗旅客沉默的内心

选自《诗刊》2023年第17期

评鉴与感悟

　　诗人大都喜欢远方，而乘坐火车去远方至今仍是最便捷的交通出行方式。所以一个诗人阶段性地写一首或几首关于火车的诗歌一点也不足为奇。我个人就曾在十五年前乘坐火车在祖国大地上漫游了两个月，而且专挑那种慢慢腾腾的绿皮火车，目的地也是随机的，我拿飞镖掷向墙上的中国地图，飞镖扎到哪里就坐火车去哪里。我至今都觉得那是我人生中最浪漫的一段旅程。后来我把那种心动的感觉写进了一组诗里，再后来我读到了李木马的《铿锵青藏》和《高铁，高铁》。养路工出身的李木马为我们提供了更多的动人细节：譬如他把夜晚待检修的机车组和归厩的马群进行类比；譬如他把疾行的火车比成现代版逐日的夸父……印象里的李木马性格温和，但他的诗歌语言却铿锵有力，那是慢车轮子敲击枕木的声音，那是动车组风驰电掣的声音。或许正是火车一往无前的执拗与决绝让李木马的诗歌语言有了不同以往的速度："我看见擦身而过的火车/细心地把沿途的每一盏灯火/一一收进车厢/和某位靠窗旅客沉默的内心"。正是对这些稍纵即逝的细节的记录与描摹，组成了李木马独特的火车诗学。（邰筐）

待故人

/林典铇

文水煮老茶,夜雨声,似远似近
有人在敲门,敲别人家的门

茶过二道,加水,咕嘟咕嘟,再煮
有人在敲门,敲别人家的门

故人没来,来了一轮明月

选自《扬子江诗刊》2023年第5期

评鉴与感悟

这是一首含蕴隽永的缩微的叙事诗。夜雨、煮茶、敲门、故人、明月,寥寥五个意象组合成一个富有生活气息的场景。全篇五行三节,结构精巧,前两节写煮茶待客,夜雨声、水沸声、敲门声,暗示时间的流逝,烘托主人等候的焦急。"有人在敲门,敲别人家的门"这一句前后反复两次,渲染主人候客而客未至的怅然。第三节与前文构成反转，开拓了意境。"故人没来"，固然令人失意；但"来了一轮明月"，却投射出主人宁静、澄明、旷达的胸襟。如此结尾，添了一抹令人玩味的亮色。这轮明月，也可成为与主人相伴品茗的良友。诗歌以景作结，颇具禅意，让人不禁联想起王维"明月松间照，清泉石上流"的名句。这也可窥见作者对中国古典诗歌意象的巧妙化用。

（林承雄）

家书

/ 林莽

苇丛里钻出的是一只运苫草的船
一老一少两个人
在波光中像是一幅剪影画
午后的阳光下　他们这是第几趟了

我临窗写一封报平安的家信
偶尔抬头就能看见他们
波光粼粼的大淀　一只船
几大片错落的逆着光的芦苇丛
一帧暖色的无声的风光片

信中我写了乡亲　村落　平安和思念
掩去了青春的无望　孤单与苦闷
他们卸了船又驶进了芦苇丛
在那个小小的水乡的村落
在那个动荡的年份　我感知了
朴素的乡情　本真的善意与爱心

站在小学校的西窗前　我封上家书

看初秋的大淀一片苍茫

心中忽然响起了少年时母亲在灯下的哼唱

那曲调苍郁　温婉而忧伤

选自《江南（江南诗）》2023年第1期

评鉴与感悟

"烽火连三月，家书抵万金。"传统意义上的家书，都会说"见字如晤"，说自己的身体，说自己的遭遇，说自己的思念，一句话，书信要完成的，就是要表达内心的渴念，以消减家人的惦念与牵挂。而林莽的这首《家书》却没有聚焦自我，而是把目光投向了窗外的人事与风物。他写人，写船，写芦苇丛，因为，这些物象曾经是诗人过往岁月的见证者，是诗人成长过程中寄托情思、塑造灵魂的精神元素。而今，他们依然朴素如昨，依然有"本真的善意与爱心"。表面上，诗人似乎没有写自己，但他看到的一切都让人感怀，时间流逝，而生命的质地与人世的温暖仍在。这样的家书，不说也是说，因为，重回故地的伤感与沉静，一切尽在不言中。（辛泊平）

夏天记忆

/ 马累

我记忆中那些炽热的夏日,
梧桐叶片上炫目的白光。
父亲自火一样的麦田中直起身来,
他手搭凉棚,凝视像午后
一样悠长的黄河。
河面上有千秋未变的大地气息,
河水里有他的万古愁。
我如此清晰地记得,
彼时空气黏稠的条带挟裹着
最纯的静寂,
在遍地蝉声中后退。
我那么小,却爱上了白日梦。
我把风中摇曳的灌木当成
手摇风琴,
我把原野深处豆荚的爆裂声当成
宫商角徵羽。
我也曾把另外两个躬身的老农

当成了孔孟。
这童年的深海，至今都在
接纳着河水，
这一直延伸到中年的副歌。
如今我仍然把父亲母亲的鼾声
当成圣咏，
沉溺其中，不能自拔。
当世事在童年的镜子里趋向于
混沌，我仍然保留着
夏日天空下燃烧的《山海经》，
浸淫而又执迷不悟。
我借用彼时的柳叶哨呼吸，
这即时的顺畅稀少而珍贵，
如父亲钟爱一生的桑叶茶水。
那茶杯在摇晃，
配合他越来越少的睡眠，
提示我，千秋万代的接力
意义何在。
我们这些大地与河水的信众，
我们历经的那些夏天，
伟大的时日，安静的命运
和生活不屈的容颜。

选自《人民文学》2023年第9期

评鉴与感悟

这是一首有质感的诗。作者从"童年的深海"里打捞起凝重的意象：悠长的黄河、万古愁、躬身的老农、燃烧的《山海经》、千秋代的接力……正是这些意象，让读者体验到了一种宏阔而高远的诗意，遥远而又触手可及。

这更像是一幅作者的精神画像。"原野深处豆荚的爆裂声"是多么意味深长的倾诉，与"父亲母亲的鼾声"组成一曲的交响或咏叹。似乎，有无数的鸣响贯穿全诗：黄河的涛声、遍地蝉声、宫商角徵羽、柳叶哨呼吸、茶杯在摇晃……所有这些都成为某种隐喻，成为作者对往事深情的凝望。

这是无数个夏天记忆的叠加，意象覆盖着意象，然后成为一种更庞杂的意象。最可贵处，作者用一个又一个写实的场景或名词，挖掘出一条岁月、生命之河，引发无穷的共鸣与感动。

这是一首高密度的诗，在短短三十九行里写出了某种灵魂基因，从童年"炫目的白光"写至"中年的副歌"，从"执迷不悟"写到"生活不屈的容颜"。这是一个写下几百首黄河诗篇的中年诗人关于人生的浩叹，是黄河泥沙俱下永不停歇的呜咽。（张方明）

桃花源

/ 娜夜

没有人会遇见陶渊明

我遇见了另一个自己
爱布衣　敬草木　抱孤念　不同流俗

——一会儿　也好

观花即问神
云朵也是花
流水远去
它们不去

在喊水泉
我喊：五柳先生
果然有一股清泉自巨石裂缝涌出

三维空间多么有限

我喊一声
就有枷锁从身体剥落一次
脱去枷锁的身体——就是我的桃花源

选自《草堂》2023年第1期

评鉴与感悟

每个人心中都有一个桃花源,而陶渊明只有一个,他活在他的时代中。在他之后,桃花源成了理想之地,他的名字成了传说。正因如此,诗人娜夜才会说"没有人会遇见陶渊明"。这是一种否定判断,遵循的是时间的法则——物质意义上的陶渊明已经进入历史,而我们无法走进已成为历史的时间里。但诗人没有说"没有人会遇见桃花源",因为,桃花源就在我们身边,就在我们心中。只要解开欲望的枷锁"爱布衣　敬草木　抱孤念　不用流俗",那么,"云朵也是花""脱去枷锁的身体——就是我的桃花源",而那个已经死去多年的陶渊明,也会以抽象的形式在我们的身体内复活。(辛泊平)

赣州赋

/ 年微漾

城垛上我们坐下来
看着章水与贡水汇为一处
几个小时前,就在东门外
一群人跃入江中,游了个来回
江水温柔、清凉,若非这
亲身的潜入,我可能永远
也无法领受到一条护城河
饱满的爱意。浮桥人影攒动
步行者和代步者走向水中央
被波光赐予了鱼的族姓
还有的,则在船头兜售着渔获
他们早已适应这命运的起伏
和一条江流呼吸的节奏
赣江一路往北,投奔南昌城
有人目送母亲河,想起了家乡
还写下一首词,在数百多年前
人去词留,多少亭榭楼台

因为徒劳的吟咏,而变成
一座城市的苦胆:走投无路的
南宋,报国无门的辛弃疾
赣州城中留下了诗词的遗孤
循着一个方向望去,山势险峻
亦无尽,河道曲折又蜿蜒
试要调剂这江山,雄心
总是无效的药石。我突然觉得
自己正活在一首诗里
写下这首诗的,正是城头的
落日。我又突然为落日
深深感到惋惜——它亦曾
饱含才情,在盛夏的午后
如今,用平静似水的叙述
亲手熄灭了自己

选自《诗歌月刊》2023年第5期

评鉴与感悟

  "抒情"作为诗歌中一种古老的形式,每一位年轻诗人在写作中都难以绕开,无论是选择消费时代城市光怪陆离的感官诱惑,还是沉溺于田园风光的乡村幻梦,诗人们的作品都不得不给出了抒情对象的选择。

  年微漾的《赣州赋》不同于两者,诗人选择了一条遥远山水的浪漫主义道路,身处异省他乡,目光停留在城垛、江水、浮桥、护城河等处,陌生的山水成为他的观赏对象。同时,久远朝代的沧桑更迭、历史人物的悲喜遭遇也进入他的抒情体系,厚重的历史俨然赋予他遥远山水浪漫写作浓郁的底色。

  《赣州赋》读来,诗中语言采用了较多的叙述以及书面抒情句、日常语言与书面语反复搭配，不同风格词句的组合过程中，抒情不再仅仅是抒情，口语叙述也不再仅仅只是平白讲述。历史、山水的大词与日常生活的小意象叠加，成为诗人遥远山水浪漫主义写作的一种独特呈现形式。（浪黑）

月亮被使旧了

/苏和

月亮像蒙古包后面的牛粪
我用大襟兜回来,一块块掰碎
填进灶火膛
填一块,火神就激动一次

推开门,看着诺敏河
载着一湾银子走向远处
芨芨草发出回声,一只羊回来了
又一只羊回来了
没有带回来额吉和阿爸

月亮被使旧了
嘎吱嘎吱响,把一种错觉
留在耳边
山峦似抛出去的石头
在月光上击起一层层涟漪
沉下去,隐藏在深渊

一粒光

如此遥远

选自《草原》2023年第6期

评鉴与感悟

　　这是一首优美的草原抒情小夜曲。无论人间变幻几何，月亮都照常升起，阴晴圆缺，世世代代守护着草原，以及草原上虔诚地活着的人们。草原上的月亮是悲悯的，它有时要像朴素的牛粪一样温暖牧人，有时要变成"一湾银子"，打捞在时光中失散的亲人。因为对这片草原热爱到深沉，爱到不忍老去，于是诗人产生"一种错觉"，月亮被自己"使旧了"。消磨月光的人，回到了月亮可以照亮夜路的童年，回到了自己纯粹的内心自然之中，体会到了"刹那即永恒"的强烈的爱。（原散羊）

十四行：廊桥

/ 邰筐

仅有木料是不够的
还需要厚薄长短不一的尺寸
仅有尺寸是不够的
还需要穿插别压榫卯咬合
仅有咬合是不够的
还需要八字撑和井字形的摩擦
仅有摩擦是不够的
还需要九檩四柱和五架抬梁的挤压
这里面藏着力学常识和爱情秘籍
藏着暂别离与长相忆
藏着夕阳撒下的金色小药片
藏着两岸山峦的长揖和野草的谦卑

只有悲伤是藏不住的，它和溪水一起
一圈一圈，荡起人世间无穷的涟漪

选自《首届廊桥诗会作品小辑》（2023年8月）

评鉴与感悟

可能是才华和灵气使然，邰筐的诗文都流露着灵机一动、信手拈来、举重若轻的能力。我知道他哪首诗里都会藏着自己不同以往的想法，但又总是放心地认定，读他的诗是轻松快乐的事，是从不纠结和从不费劲的事。邰筐的诗是一以贯之的口语化轻松表达，但会心者会领悟到其中的寓意乃至深度。说到底，他是那种为数不多的看不出费劲的会写东西的人。这首短诗，他采取了欲擒故纵和顾左右而言他的方式，开头到一多半的篇幅，说的都是廊桥物理角度的材料和结构云云，到"这里面藏着力学常识和爱情秘籍"才开始言归正传进入正题。但我注意到，他一旦发力，就一句紧似一句打出连发子弹，不仅命中靶心，进而有了穿透力——廊桥，说到底是一座爱情的木桥；到了桥头就免不了悲伤，免不了"暂别离与长相忆"，更免不了在心底镌刻上木纹一样恒久的涟漪。邰筐的诗还有一种近乎气人的本领，先说一套看似不着边际的话，看似与主题没有一毛钱关系，看几遍再从后往前品味过来，看似没用的话不仅句句有用，而且恰到好处，分寸感极强，像那些在语言的内里暗暗环环相扣的榫卯。（李木马）

大地之手
——写给佛手①

/唐力

1

这些手,这些众多的手
它们触摸到虚无和广阔的沉默
它们隐藏在树叶之中
从不自我显示
它们馈赠:一份幻想、一份风的遗产

2

万千的手掌:
紧握的手掌,打开的手掌
像白昼一样扩展的手掌
那黑夜一样收缩的手掌,深沉的手掌
低垂的手掌,高悬的手掌
总有一只手掌,会直指我的内心……

---

①佛手,芸香科植物,果实状如手指,故名佛手。

3

那是泥土中升起的手掌

带来黝黑的沉实

泉水在掌纹里流动,古老的奥义

在沉淀永恒之光

只要有光,积聚的痛苦

终会在你的指尖,化为明月

4

伪装的世界是空虚的,华丽的

只有你的内心,闪耀黄金

你是真实的:饱满的生命呈现丰硕之美

你是朴实的:沉默是自我的觉悟

你打开手掌,词语诞生——

世界呈现出本来的面目

5

风尘如疾,长满我的全身

艰辛如石,塞满我的骨骼

长久的漂泊之后

我回到故乡,回到澄明之地

回到语言的家——我回到一只手掌之中

如同一个孩子,回到温暖的子宫……

6

这是手掌的世界:

风有一只倾听的手掌,云朵有

一只孤独的手掌

泉水有一只述说的手掌

手与手在交谈，在相互诠释时间的寓言——
一只神圣的手掌，脱颖而出
将会覆盖命运的额头

7
也许我找到一只手掌
就找到所有的手掌
就如同我目睹了一颗星星
就沐浴了所有的星光
从你的手指，我看到了，星辰高悬……

8
在这样的果园里，无数的手在呈现
它们彼此相似，互相掩护
我要寻找那手中之手
那是大地之手：
它存在，丰厚、静默，托举爱、慈悲
和永恒之力……

选自《诗刊》2023年第17期

评鉴与感悟

诗人唐力在《大地之手》中写："也许我找到一只手掌/就找到所有的手掌/就如同我目睹了一颗星星/就沐浴了所有的星光/从你的手指，我看到了，星辰高悬……"诗中将遥远而永恒的星星与渺小又真切的"你"交融在一起。正像最初的开始，《诗经》所写："绸缪束薪，三星在天。"真正感动我们的并不是冰冷未知的星辰，而是在黑夜中点亮我们生命的一点微光，是星星的光芒，是自然的怀抱，也是身边人的温暖,诸如此类,在生命中留下永恒的印记。人类虽然渺小,但却能用智慧观察整个宇宙,用感情温暖漫长的一生,用词语铭记每个时代的语言。(温馨)

嵩山记

/ 小葱

你呼吸，起伏似窗外峰峦，
我风琴之手，轻轻潜近流云，
弹响，横亘在我们之间
缠绕的嵩山，灿烂的蜀葵。

一场与禅有关的音乐会，
正从雨的线条上飞离，
大片水雾，汹涌闯过，
嵩阳书院的石质地图，吻上凉凉的唇。

——感谢这盲目的夜晚，
漫天水晶……远离城市喧嚣之地，
所有人都是精灵，是象征，
即使明天，我回到人群中，你亦不知所踪。

选自《牡丹》2023年第5期

评鉴与感悟

小葱的《嵩山记》以审美作为基本出发点,如诗歌的最后两句"所有人都是精灵,是象征,/即使明天,我回到人群中,你亦不知所踪"所点睛的,是一首无目的和无意义的诗歌。它着意通过象征手法完成发生在嵩山的一次生命中的相遇。象征达成了事物之理与情意之理的联系与沟通。这种联系与沟通的实现,所获却并非意义或价值,而是审美感知和生命的愉悦之情。当中蕴含的,正是康德意义上审美的基本特征:无目的合目的性。(张丹)

在丹湾听童声合唱《少年的海》

/谢宜兴

丹湾观景台像一艘将出港的船
一群少年在甲板上欢快地歌唱
他们把海直接唱弯了，唱成月牙和星光
清亮亮的童声，浪花飞溅
告诉我，只有大海永远少年
歌声抚摸过的礁石，皱纹越来越深
作为音乐背景的丹湾的海
为了证明似的，从幕后径直来到台前
让我看到，少年的海正在列队歌唱
他们拍手跺脚，一排排波浪发出喧响
胸前的红领巾飘动，晴朗晨光下
朝霞鉴映海面，闪烁一道道波光
他们再一遍为我们歌唱
又一次上涨的潮水轻轻拍打着海岸
大海永不会在一潮一汐中老去半日

那么蓝的歌声唱得我心愈发苍茫

选自《诗刊》2023年第8期

评鉴与感悟

《在丹湾听童声合唱〈少年的海〉》这首诗描写了一群少年在"一艘将出港的船"似的丹湾观景台上合唱《少年的海》,展现了丹湾海边的美丽景色和少年们充满活力的形象。歌声清澈嘹亮,仿佛能将大海唱弯,唱成月牙和星光,富有想象力。但从合唱团少年到合唱曲《少年的海》再到演唱背景丹湾的海,诗人笔触所及,其实表达的是哪怕礁石也会老去,"只有大海永远少年"。那才是波浪喧响、波光闪烁的真正的"少年的海"。听曲观海间,引发诗人深深的感慨,"大海永不会在一潮一汐中老去半日/那么蓝的歌声唱得我心愈发苍茫"。整首诗语言优美、手法简朴但意境深远,既有少年歌声似的单纯明净,又潜藏似海深沉的人生惆怅。(南帝)

过客

/ 辛泊平

你瞧,我们必须小心翼翼地说话
把私定终身的欲望和叛逆之心藏起来
尘世辽阔,每个人都走在路上
扮演他人眼中无解的过客
每一间破败的屋子前
都坐着一个上知天文下知地理的老人
都有一个躁动不安的孩子
日升日落,坟墓呈现不同的形状
青草也在路边绿,在路边黄
只是,没有谁能跟上它们的节奏
和每一个季节都心意相通

选自《延河》2023年第9期

评鉴与感悟

我们都是人生的过客，在人世我们唯一的身份是过客，不管是自诩万事通达的老人，还是年少无知的孩子，最后的目的地都是坟墓。这是一个死结。但或许我们可以让自己的坟墓或人生意义，呈现出不同的形状，比如向路边的青草学习，该青的时候青，该黄的时候黄，让有限的生命，在不同时期和季节，呈现出生命应有的自然、自由和尊严。诗中有淡淡的反讽，也有无可奈何的慨叹，更有着一种深刻的批判和诫示。在我眼里，这首短短的《过客》，应该可以看作是诗人向鲁迅先生的诗剧《过客》的一种致敬。（韩宗宝）

自愈：致钴蓝色的独唱

/ 徐俊国

一眼望不到底。
像一个疑问，那么深。

抽水机突发故障，
一首关于灵魂的诗，
卡在结尾。只好暂停工作。

趴在井口，似乎能看见
水位在回升。四周安静，
如元气大伤后的自愈。
清凉的空气，
一圈一圈，扑在脸上。

恰在此时，传来一声
钴蓝色的独唱。

那是一位穿着花斑的先生，

从地球的深喉里，
……喊我。

为什么那么突然……
而且，只喊了一声。

就像什么也没有
发生过。

选自《诗潮》2023年第9期

评鉴与感悟

徐俊国这首《自愈：致钴蓝色的独唱》，我更愿意将其视为一首元诗，即关涉诗歌自身诞生过程的诗篇。

诗，是诗人面对幽深得"一眼望不到底"的自我精神深渊而获得自救的载体。诗创作的过程，是对于遥深灵魂的勘探与呕心沥血的淬炼。这个勘探又像"抽水机"打捞灵魂底盘的过程。这是艰苦卓绝的事业，"一首关于灵魂的诗，/卡在结尾。只好暂停工作"，期待"如元气大伤后的自愈"。这便是艰苦卓绝境遇的形象表达。

诗的诞生不仅关乎个体的灵魂，还关乎整个宇宙的生命。徐俊国凭着艺术家对于色彩的敏感与感受力的独异，择取 "一声/钴蓝色的独唱"出之，构成了整首诗的诗眼与核心意象，显得异常光彩夺目！钴蓝色是一种充满深度和神秘感的色调。这种代表着海洋般宁静与天空般清澈的和谐感，却在徐俊国的诗中获得了一种急遽迸发的力量，究其原因在于其稍纵即逝的珍异特质——"那么突然""而且，只喊了一声//就像什么也没有/发生过"，但是它穿越了"地球的深喉"，唤醒了诗人主体"我"，唤醒了一首诗的瞬间完成。

由这首诗我想到了保罗·安格尔的一首小诗："我捡起一块石头/我听见一个声音在里面吼：'不要管我，/我到这里来躲一躲。'"他写的是特定历史境遇下人的生存空间的逼仄，而徐俊国的诗境更加阔大。他从"地球的深喉里"释放的"钴蓝色的独唱",是逼仄的宇宙空间里迸发的"大音希声"。它不仅重启了这首"关于灵魂的诗",而且也使诗人借诗的力量获得了灵魂"自愈"。(赵思运)

大马戏

/杨荟

马失前蹄,重重摔倒
随之摔倒的还有马鞍上的女戏子
看客中,有人责备
不知道责备什么
有人欢呼,不知道欢呼什么
只知道,躬身道谢的女戏子
以皮代皮
堵不住千百张嘴喊出的正义之声
被鞭打的青马,以骨代骨
扑不灭熊熊燃起的愤怒之火
混乱中,我呆坐着,孤立无援
——既不能湮灭泱泱大众,左右失格
更不能移情于马
徒增敌意,绝望和厌恶
眼睁睁看着青马和女戏子
带着歉意仓皇从灯光下退进黑暗
便起身离开

那夜，少梦的我
梦到开满野花的高原和草场
也梦到死死缠身的缰绳与嚼子

选自《诗选刊》2023年第4期

评鉴与感悟

诗人杨荟将现实入诗，是人生百态和内心的精神所在。一匹马在演出中失蹄，众多观众便出于愤怒而强加责备，可见同情与宽容失之已久。唯有诗人独自清醒。台上台下各是一折戏，而无情的对峙隐喻了人间之冷。马本是草原之上自由驰骋的动物，但禁锢马匹的缰绳与嚼子使马无处安身。愤怒的观众是否也是缰绳与嚼子呢？不得不让人沉思和追问。该诗有难能可贵的思想性，在表现手法上有陌生化和距离感。日有所思夜有所梦，而梦敢于说出了真话。（空灵部落）

你还记得吗？那场馥白春夏

/ 鱼小玄

门前几蔸栀子花，粗枝大叶的
茉莉小小粒粒，担井水的人走在
月光如凉席所铺的街巷

他的外婆，是位细绳编发的姑娘
笑意盈盈在泛黄老照片中

那场馥白春夏，他推开我童年门扉
"我好像见过你，邻家小丫头"
是呵，夏风又熟悉地吹来

我望向他的眼睛——
一条深深巷子，小孩们穿短褂
老人们摇大蒲扇，我那时叫他小哥哥

我的小哥哥赤膊在池塘边
一群男孩们扑通扑通乱了蛙声

那时小哥哥曾这样对我说:
"小丫头,去我外婆家吃凉糕"
"你长大了会像栀子花还是茉莉花?"

选自《诗刊》2023年第18期

评鉴与感悟

诗人显露出一种漫不经心的在乎,场景则似乎如时间般理所应当地发生。但——这种漫不经心或者理所应当却起到了"遮盖""深景"的效果,短小的篇幅被陡然拉长。反复回溯的时光,一次次重置的回望镜头,既充满生动的意趣,也极具张力,更不经意地展现了作者的圆熟技巧。每一重回溯都是一次时空与人物的折叠,外婆从凝视中回到童年,再次成为丫头,又长成栀子花,长成茉莉,长成外婆。而邻家的哥哥在"深景"中回溯,成为凝视的又一重主体。岁月在一重重回望中,迅速而又漫长地发生了。(蒋鼎元)

第二辑　专家观点

我爱这反反复复的世界

诗歌是对可能性、丰富性的打开

/王士强

海子的《祖国（或以梦为马）》中有诗句："我要做远方的忠诚的儿子/和物质的短暂情人"，其中有着对"远方"和"物质"的不同态度，体现出此岸与彼岸、物质与精神之间的分歧、矛盾。海子写作这首诗的时代正是理想主义、价值理性没落，经济至上、物质主义兴起的转折时期。他敏锐地感知和承受着时代的新变，顽强地抵御着物欲的勃兴与精神的颓败。在当今目下，情形又有了极大的不同，物质主义已经成为横扫一切的庞然大物，而精神理想则只能退居边缘，忍受孤寂，在夹缝中求生存。太多的人或主动或被动地成为"物质"的"忠诚的儿子"，而"远方"如果不是缺席的至多，也不过是"短暂情人""露水情人"。不过，对于诗歌而言，其对"远方"的关切却是天经地义的，没有"远方"，便没有诗意的涵咏，"远方"是对于此在、此时、此地的反动，是对于事物之可能性、丰富性的打开，诗歌只有真正地拓宽、开掘出事物更多的面向，才具有艺术张力和诗的味道。

每个人都只能过一生，它是唯一性、规定性的，但人又有着对于自由、对于丰富性的近乎天然和本能的渴求，所以王小波说："一个人只拥有此生此世是不够的，他还应该拥有诗意的世界。"诗歌的确可以实现人对于生活的更多诉求与关切，在文字中让人获得更丰富、更多样、更自由的生活。

人的现实生活是一条单行道，规行矩步、危机四伏、动辄得咎，诗歌却可以是美国诗人弗罗斯特所说的"未选择的路"，现实之中无法实现的念想，诗歌可以助力实现，让人走上"未选择的路"，得见更多的风景，探勘事物的堂奥，领悟生活的真谛。诗歌，不能脱离对于世道人心的关切，但同时需要有更高维度、超越性、恒久性的观照，它需要在生活的具体性中呈现普遍性，也要在生活的普遍性中体现具体性。梁平在《岳阳楼补记》中说："汉字要面对苍生，江湖之远，/也当怀揣天下。"这里面体现着"汉字"的担当，也体现着诗人的担当，它所呈现的，不是单一化、概念化、模式化的生活，而是具体的、有血有肉、有情感、有温度、有泪水的生活。李少君的《傍晚》一诗写傍晚喊外出散步的父亲回家吃饭，原本平平无奇，小事一桩："夜色正一点一点地渗透/黑暗如墨汁在宣纸上蔓延/我每喊一声，夜色就被推开推远一点点/喊声一停，夜色又聚集围拢了过来/我喊父亲的声音/在林子里久久回响/又在风中如波纹般荡漾开来/父亲的应答声/使夜色明亮了一下"，作者极为细腻、敏感，使得寻常之事具有了神奇、神性的特质，呈现出一个丰富、灵动、有诗性的世界。尊重世界的丰富性与多样性，也往往更能体味生活的意味和韵致，正如向以鲜在《雪夜访戴》中所写"我爱这反反复复的世界/我爱这来来回回的荒涂"，诗歌与诗意正储藏在这"反反复复"与"来来回回"中，这样的反复、来回的过程是对于生活的深度打量、体味的过程，也是感受，甚至发明生活的可能性的过程。

　　宇向在《海浪》中有这样的诗句："你是保密员的一员/自滩上来，到对岸/不是西雅图到上海/是一只手，到另一只/你是，一个/穿过/无限的人"，有着天外飞仙般的想象，而这样的"穿过无限"，无疑也正是诗人所需要做的事情，在有限中探测无限，在无限中不脱离有限，从而将生活的内涵、层次打开，诗意、感染力、共鸣性由此产生。喻言由一个人而写到一群人，呈现人的一种生存状态："他们弯着腰/小心地站在那里/他们的喉结一直在蠕动/他们弯着腰/小心地站在那里/很辛苦很屈辱"，更为悲剧的是："他们以这样的姿态/站了整整一生/他们的喉结也蠕动了/整整一生/有一句话/卡在他们的喉管/漫长的一生/都没说出口/我知道这一切/我正是他们中的一个"（《他们的喉结一直在蠕动》）。这首诗无疑写出了某种普遍性的人生悲剧，由人及己，由己及人，人生被高度抽象，而又非常具象、现实，意味深长。祝立根的《人间来信》写到了两个不同的"我"之间的矛盾与争斗："一个我在劳作，一个我在挥霍/一个我活在白云中，一个我/则躬身于人世的草丛/献出了他坚硬又荒凉的背脊"，真切地写出了"自我"的分裂和"时代"的分裂，这实际上也是海子所说的"远方"与"物质"之间的分歧、龃龉。

中国古典诗歌有着抒情的传统，对于当代诗歌而言，抒情同样重要（而非如一些人所认为抒情是落伍的），情感给予当代诗歌以来处、归途，也给予诗歌坚实的伦理基础和巨大的想象空间。林珊的《北方》中写："我的外祖母坐在开满桂花的/院子里，纳鞋底/她拥有深深的皱纹/枯瘦的手臂/她爱过的所有人/都不曾离去"，这里面饱含深情，柔情缱绻。李小洛的《目送》以母性的目光展望已然长大的孩子的未来："有一天，你也会在时间的出站口/一秒一秒，数着时间/等你的孩子出现/和我，和那些早早赶来车站/等待的父母一样/目接，目送/等待你要等的人……"所写如在目前，栩栩如生，有真情、实意。微雨含烟的《通信时代》写过去的年代："那时候，我们互相写信/寄出去，就开始盼望/那时候，收发室都是年纪大的人/哆哆嗦嗦将信从窗口递出来//絮叨的文字/一路要突破风雨的敲打和推搡/经过暗无天日的黑麻袋，才会到达/所以每次，我们写得都很长"，但到最后，终归被岁月、被生活所打败，风流云散："我们在同一个月亮下写字/写着写着，就把各自/写得音信全无"。全诗由此戛然而止，作者并未表达内心的感慨，但字里行间却分明让人感受到其中所包含着的复杂情愫。好的诗歌，正是需要在"藏"与"露"、"说"与"不说"之间把握平衡。不可不"藏"，不可尽"藏"，"说"而"不说"，"不说"而"说"，其中包含了复杂、微妙的艺术辩证法。

对生活与语言之丰富性、可能性的打开，是诗所以为诗、所以为好诗的重要前提。

春天的挽留

/李见心

只能用一首诗的时间挽留你
春天,大地的心慌写在脸上
美的过分是不是也是一种惩罚
让你长久地陷入词语的流放

谁在细细地区分花朵
它们的质地和人一样不同
有的唱着纯棉之歌,有的抽出丝绸之路
有的铺开厚厚的天鹅绒的思想

玉兰花让你学会仰视
是翅膀的形状,火焰的思想就总要向上冲
而看郁金香你只能低头
它掀起的风暴会压低你的灵魂

谁说,花朵永恒,天空完整
谁就接近神祇

谁说,死之前必须美貌,必须盛妆
谁就永远不死

只能用一首诗的距离捕捉你
你扑倒,擂响大地的心跳
提醒像钉子一样钉在大地上的人民
都有花开的权利

选自《阳光》2023年第10期

傍晚

/李少君

傍晚,吃饭了
我出去喊仍在林子里散步的老父亲
夜色正一点一点地渗透
黑暗如墨汁在宣纸上蔓延
我每喊一声,夜色就被推开推远一点点
喊声一停,夜色又聚集围拢了过来
我喊父亲的声音
在林子里久久回响
又在风中如波纹般荡漾开来
父亲的应答声
使夜色明亮了一下

选自微信公众号"白马侃诗文"2023年7月15日

目送

/李小洛

火车又晚点了
没有悬念,我又到早了
这些年,总是这样
在等待,接送孩子这个问题上
一个母亲的时间
总是跑得比时针和秒针都要快

早早做好了晚餐
那些新鲜的蔬菜
儿子爱吃的草莓、山竹、莲雾
已经在清水里洗濯
装上了洁净的果盘
至于儿子从小到大都颇有微词的洋葱、胡萝卜
则已被远远地晾在了一边
一个人的味蕾和习惯都是固执的
一如淡泊、倔强、敏感,这些明显的优缺点
也都是从我这里遗传到的

双层床，小房间
陪伴一个孩子从童年长到青年
一米二的小床已经撑不起一米八身高的翻卷。依稀
还有童音背诵唐诗宋词，奶香的呼吸在昨天
攥紧紧跟在我身后
攥紧我手的小人儿
如今羽翼已丰，翅膀坚硬
翻越秦岭、巴山
去了更辽阔的疆场驰骋

"父母子女一场，
无非是一场目送"
多少年以后
这空旷的站前广场
我大步流星走来的儿子
谁在车窗里等你
谁又在时间的栅栏外
伸长目光，等一列火车穿越隧道，过河，翻山

有一天，你也会在时间的出站口
一秒一秒，数着时间
等你的孩子出现
和我，和那些早早赶来车站
等待的父母一样
目接，目送
等待你要等的人……

选自《西安晚报》2023年4月15日

在峡谷

/李浔

在峡谷，深陷在仰望中
这是一种深与远的姿态
天已高远，不会有更年轻的深了。

在想象中，理想一直在寻找着落点
可以是时间，可以是色彩，可以是一个人。

如果想象已嵌入一个人的记忆
那么，裂痕是不分前后
清醒，更会让任何事都越陷越深
直至让世界成为自己狭隘的一部分。

选自《诗刊》2023年第8期

寂静之师

/李永才

所谓的大师，就是将风的细节
梳理得井井有条
将雨的颜色，刻画得惟妙惟肖
如果寂静之师，再用心一点
就可以用时间，去虚构所有的事物
让一只鸟与人类反向而行
去探索一些未知世界的真相
在光圈一样的星辰上
重新勾勒一个生活的方程式
就像春天的轮廓一样，貌似影影绰绰
实则有其独特的结构
那些开放与凋零，荣华与衰败
都叠加在类似的经验里
万物浑然一体
可以点染、铺排，也可以相互掩护
但不可打破其完整性

选自《星星（诗刊）》2023年第11期

岳阳楼补记

/ 梁平

与岳阳楼相约巴丘山下,
九孔桥九只眼睛睁着,都看见了。

在太白潇洒"天上接行杯"之后,
子美唏嘘"凭轩涕泗流"之后,
范仲淹肆意洞庭八百里烟波,浩荡天下之后。

走得好辛苦,从夜的南湖上岸,
背负蜀水巴山,精致与潦草,
无异于一路跌跌撞撞。

岳阳楼前,不能容忍风花雪月了,
汉字要面对苍生,江湖之远,
也当怀揣天下。

烫金的忧天下之忧而忧,
城陵矶吨位修改了悬铃木的泪痕。

湖面水草涟漪、鱼虾嬉戏，
银杏虚拟黄金时代，落木纷纷。
范公好吗？——还好吗，还好吗，
水上起了波澜。

选自《作家》2023年第11期

雁群飞过小南庄

/ 梁小兰

匆匆的雁群要去哪里？
它们在小南庄上空飞
留下黑色的剪影
在那深不可测的高处，一群美学意象
朝着未知的方向
渐渐消失

无人追踪它们
雁群飞过小南庄，也无人讨论
是哲学还是生存问题

像抽象的图案，它们
轻轻触碰黄昏中的小南庄

选自《诗潮》2023年第12期

消声隐迹

/ 梁晓明

我不求爱
下雪的时候，我伸手接，端碗接，用眼睛接
然后，
看它们消散

不求爱
所以雪下得晶莹，下得飘零，
下得妖娆，下得独自
而且
任性
在车门，屋顶，街道，码头与大海上
它无所顾忌
趋死
如亲

爱，但不求。
活着，细过余生。

像大雪,把自己完成。

　　　　　　　　选自《纽约一行》2023年第4期

虫鸣

/ 林莉

在山谷走着
群山的轮廓变得柔软
风中有桂花的香气隐隐飘来
虫鸣声，忽远忽近
我们静静聆听了很久
猜想那些唧唧声，应该来自
丹桂树下，或是小溪边
夜色越深，虫鸣声越浓烈、清晰
我们都被这潮湿又略陌生的声线
击中了
虫鸣不断，如同一个怀旧的人
始终跟随着我们从一条荒芜的山径
走向另一条
置身其境，我们的确感知到
夜晚中的虫鸣有一种隐秘的力量
以至于我们沉寂多年的心
也在应和

发出了好听的扑通扑通声

选自《广州文艺》2023年第2期

北方

/ 林珊

我终于确信，我是在北方的鸟啼声中
醒来。窗外树影婆娑的
是一排繁茂的白杨
可是白霜将至，它们很快就会掉光
所有的叶子
几只花喜鹊站在秋天的枝头
唱歌
就在昨夜，我梦见千里之外的故乡
（那相距一千七百公里的南方）
那里芦苇茂密，游鱼拥挤
我的外祖母坐在开满桂花的
院子里，纳鞋底
她拥有深深的皱纹
枯瘦的手臂
她爱过的所有人
都不曾离去

选自《鄂尔多斯》2023年第1期

树下爬满了青草

/ 林新荣

那棵树栽在河湾
还有一些树栽在河湾
它们随意地站立着

树下爬满了青草
青草其实不叫青草
它们一片一片地
可以叫静谧、安逸
抑或叫舒适

流水不是很充沛
它们如意,而欢腾着
恣意地淌着
它们腾起的水花
只是生活的一个小章节
就像我们在林间奔跑着

多么专一。它们欢歌着——
一路，你听不见，却时时感受到
日子是
日月轮换，时起时落

           选自《散文诗世界》2023年第3期

遇见：一条鱼的练习曲

/林秀美

在更辽阔的海面上
在三都澳　在宁海渔村
更深处的网箱里
一条鱼只是一种物质
从未有过悲伤和喜悦

生命里注定带来不确定性
就像宿命
偶然中交织着必然
成为一张巨大的网
大黄鱼　鲈鱼　游弋其中
每一次呼吸都会掀起波浪
或者安静地成为
深水中无法辨识的部分

一定有一把隐形的利剑
藏在时间的后面

携带前世的基因
辗转吸纳着后天的风雨
按动季节的密语
复制一条又一条相似的生命

孤独是重重叠叠的食物
总是从天而下
搅拌着人生的悲喜
一条鱼　需要多少日子
才能跨过岁月松动的标点
完成关于命运的铺叙
三月　一个早春的日子
阳光倾泻　海风徐徐
在宁德　在船上　你和我看着
就这么看着网箱里
一条又一条的大黄鱼

内心用尽人世间的修辞

选自《福建日报》2023年12月17日

慢姿态，或者高贵

/ 刘大伟

在贵南街头，我遇到过的黄牛
比行人还要多
它们沿着路中间的白线列队而行
自律，沉着，缓慢
像转山归来的农妇，轻轻眨动的
大眼睛里，除了身旁的小犊
就是被蓝天浸染着的前方

迎面而来的是什么车，车内坐着
什么人，完全不在其眼眸之内
突然的鸣笛声，也只能让她们摇摇头
——谁会怀疑，这样的慢姿态
就是我们无法理解的高贵

选自《诗刊》2023年第4期

晚来天欲雪

/刘年

一直在等一场足够大的雪
堆一个失去多年的人
我已经在画家那里
学会了雕塑泪水和微笑的技艺

天气预报说今晚有暴雪
我开始回忆她脸部的细节

想到雪人会很快死去
想到今年参加了太多的葬礼
又打消了堆她的念头

想到她已经在心目中夭折
想到还可以救她一命
又立马出来

我把院子清扫了一遍

有的地方还铺上塑料膜
要足够干净的雪
才能堆出那么好的人

　　　　　　　　　　选自《芙蓉》2023年第5期

五道营胡同

/ 刘雅阁

鸽子飞翔，秋空一片蔚蓝，太阳
在静默中酿造力量。成贤街的古槐
雍和宫的金瓦红墙，都起身向我们张望

年少时，我们曾望向胡同深处
那树燃烧的桃花——艳丽过，也芬芳过
如今，我们终成结出果实的姊妹树
树下，胡同古老交织时尚。在翠竹青瓦

斑驳木门间，总能找到前卫创意新国潮
网红店里黑眼圈的哪吒、唱摇滚的悟空
都曾是胡同走出的小孩，他们喝豆汁儿
品咖啡，需调入Rap爵士才够滋味

在四合院屋顶花园，我凝神天空
啊，鸽子，胡同的精灵，你们自在地飞翔
饮尽了我们的目光。城市上空

时间的滴漏,渐渐漏出点点星光

选自《诗选刊》2023年第2期

看云

/龙少

暮晚将最美的青铜色给了我
任我在低处行走时依旧听得见
永恒的流光之声。秋日的丰饶从一场盛大的
雨水开始,热闹的赞歌被季节按时打磨
我走过成熟后的原野
云朵有时在头顶,有时在山顶
移动的画面如摊开的书
我读着未曾读懂的部分,尝试从纵横
疏离之间找到微微倾斜的声响
我爱过这片原野完整的暮色
和暮色之下密集的水
我也爱过原野之上灰白的苍穹和星辰
他们如久别的故人
保留着我记忆中的脸庞
远处的房子垂垂老去
做旧的工厂和悬崖如孤独的壁纸
从暮晚中隐退,而我已到中年

偶尔,站在窗前看云。

选自《延河》2023年12期

麦苗田里的朝阳

/路也

一轮太阳把东边那片麦苗田
当成了跑道

茫茫的绿映衬着寥寥的红
无垠平面托着呆呆圆形

一条小路通向麦苗田
一条小路通向朝阳

黑暗使出最后一点儿的气力
让风犁过原野

向着麦苗田和朝阳走去的人
悲伤压在肩上

日出被固定在云彩和麦苗之间
那人夹进了悲伤的层岩

太阳有巨大力气上升
那人正从悲伤里抬起头来

  选自微信公众号"早上好读首诗"2023年1月28日

大象独自穿过

/ 马嘶

渴求的盛名留在了
灰烬，善于遗忘者才会阔步踏入春天
回家的旅程漫长而艰辛
允许亡别的人在世间口口相传
要记得每个路口
寒衣相送，不灭的火焰往往燃烧在冰凌
为活着的无力小声啜泣也
放声痛哭，这是一种
物伤其类的隔空呼吸
仿佛一切结束了
而苦役的人在莫比乌斯环中永无休止
沉默普遍如怯弱被积雪覆盖
红色的大象从我血管独自穿过

选自《星星（诗刊）》2023年第11期

恪守

/ 孟醒石

水仙卵球形鳞茎，像一头头大蒜
风尘仆仆，辗转历经多个商户几次贩卖
才在陌生的水中扎下根
迅速发芽生长，往上蹿
算计着，赶在春节前开花
在异乡，隔空开给遥远的故乡看
父母跟我们在省城生活了十二年
每到小寒，总买上一盆水仙
每逢小满，总买上几挂大蒜
母亲一直后悔，大蒜买多了
生芽了，还没有吃完
她把生芽的大蒜种在花盆中，郁郁葱葱
与水仙对照，分不清虚实
在省城楼房中，关上门过自己的小日子
母亲仍然恪守节俭
仿佛依旧生活在乡亲们的目光中
水仙与大蒜面对面

彼此心存敬畏,心照不宣
默默承受着对方围观

　　　　　　　　　选自《长江文艺》2023年第8期

斜塔

/ 缪克构

砖塔在晚年时倾斜
似乎为了修正
它年轻时过于坚定的立场

迈入老年的思想者侧身
似乎为了避免
日影如此垂直地立于身后

选自《星星（诗刊）》2023年第3期

玻璃栈道

/ 慕白

我天生胆小
不敢攀高

在靖边波浪谷
丹霞奇观红砂峁
必经一座玻璃栈道
沟壑深千丈
我战战兢兢站在桥上

透明的栈道
伴随玻璃碎裂的声音
明知不会掉下去
我的双腿还是发软

友人左右架着我
捂着眼，小心翼翼往前
凌空漫步走过去

偷偷回望，依然眩晕

我胆小，天生恐高
只能脚踏实地
活在低处

选自《人民文学》2023年第12期

世事如风

/ 穆晓禾

日升日落,花开花谢
看见炊烟的人隐于向晚
在黎明打开书简
在黄昏捣浆造纸
上午孤独,下午寂寞
或为绿意喜极而泣
或为枯叶落泪而悲
一天,说过多少句话
一天,走过多少里路
吵过,咒过,骂过
一切寂静过
爱过这一世,那一事事
终被红尘看破
如风,风过耳,装聋作哑
时而胸怀天下
时而视己如初

选自《洺水河(文学内刊)》2023年第3期

电线飞过头顶

/ 庞白

光亮一天天陌生
望不到头的过往和未知
一根细线就可以界定
黑白终输给远去的灰

那么，好了。模糊年代
相依有多种
烟熏火燎的背景
并排而行，或各自转身
都行都好。这是它们告诉我的
其中两种

选自《诗刊》2023年第22期

野蔷薇之歌

/庞培

我在山脚下独自待了会
像一枝花慢慢绽放
空气突然凉爽无比
能一眼望见树林外面的田野
农村碧绿,麦田金黄

进入树林,我骑的自行车没有用了
我努力克制着不去感知愁苦
而孤苦也几乎是甜蜜,是惬意
馥郁的一种。因为拥有了回忆和根须
有了枝条、枝叶和未来

我同整座山林一同分享那天下午的风
风慢慢吹进来,像无名的漫游者
手持看不见的长矛,披头散发
在较高的树身上来回晃荡
突然一跃而起

我和较年幼的树静静分享
风的充满野性和膂力的腰身
体味它的寂寞长满莓苔
他长长衣袍下面的溪泉声音
——风总是拖着大地的湿漉漉的下摆

然后，我的额头出现明显的花萼
我的目光涣散，有了光亮和幻觉
我快要浑身发冷了
我快要一屁股坐到地上
即将在世上被挂在沟壑和荆棘上

噢！我是睡梦的野蔷薇
我是山野的野蔷薇
我是四月骑车到田野上的野蔷薇
——我一眼望见树林外面
啊！田野金黄，农村碧绿

选自《诗刊》2023年第2期

上塘河

/荣荣

用开阔来标注这一段运河是不准确的，
用蜿蜒和流淌，无法承载如此多的熙来攘往。

勉强能用风情两字，说它的昨日繁华与今朝盛景，
一幅缓缓展开的山水里的江南婉约与典雅。

这个古旧古旧的河道，有太多的水草与游鱼，
啄食过漕粮，食盐，丝绸，瓷器的倒影。

也有太多的迎候与离别，在随风的垂柳，
挥动的手与一次次漾开的水流里。

我是沿着众多的诗词过来的，那里有
波光粼粼、风帆徐徐，还有朝霞与晚雨。

但仅此是不够的，我还得有自我的诗意，
诉说内心感慨，一份美与闲适的纠缠。

类似于繁星落满河道的静谧，
类似于时光里的痛悔，归去来兮的无拘。

　　　　　　　　　　选自《草堂》2023年第3期

寂静的冬天

/桑克

寂静是心里的，
如果真的存在寂静。
室外有声音，但也不是喧嚣。
汽车声也不是。

乌鸦担了太多的
恶名。嗓子哑的喜鹊也都是
这声儿。同学们相互焐手，
谁知里面的意思。

铁栏杆上的霜
从不叫眉毛上的霜姐妹。
兄弟们全都在林子里，
手里也没有单刀。

扑出去的老虎
只是一个念头的化身。

尾随的牺牲倒是货真价实的。
可怜啊可怜。

寒山吸了太多的
热量，同时也把你吓得半死。
冻僵的手甩了手机，
碎屏相信了命运。

嘀嗒声是风对着
耳朵模仿的，借以证明寂静
并没有来过。小马车热气腾腾的，
吹着年轻的响鼻儿。

选自《长江文艺》2023年第10期

我孤独地歌唱

/石尚

屏住呼吸
在你受保护的目光里
有蝴蝶的翅膀
它扇动春天的光

有光照进树林
蜘蛛正结网
我孤独地歌唱

我孤独地歌唱
蜘蛛正结网
我晒干淋湿的鞋子
蜘蛛正结网
我孤独地歌唱

人来人往

选自《山东文学》2023年第8期

我们如此亲密又陌生

/四四

悲哀和不幸、绝望和危险,
以及那些隐秘的幻灭感,以及那些悲观的预言。
在春分前三日把我们湮灭——挣扎和抵抗无济于事——
玉兰花开得自在又轻狂,河水自西向东静默流淌。

然而,西郊的山峦,长着老松树的院子,瘸腿的小笨猫……
它们见证,也遗忘;它们宽恕,也悲伤——
不存在一个记录本,就像不存在真相和记忆,
攻陷和占有具有短暂且怯懦的本质——万物诡谲!

通往心灵的小径长满荆棘,我们在深夜哭泣!
本能飓风般疯狂讪笑,没有荒谬,没有残忍,也没有背叛。
我们还需要一次畅饮;或者,像石子一样滚落山涧,
失联,流离失所——崭新的自由唆使人无所顾忌。

我迷恋的圈套勒住了我的手脚——

一去不复返的时刻于未来降临，而我们如此亲密又陌生。

选自微信公众号"早上好读首诗"2023年1月13日

恒河：落日

/ 苏浅

黄昏，看落日在暗中点火
看它烧着烧着
就掉了下去。我们仍然等待
转个弯儿，它就回来，重新占据高处
我们要用一生来完成的事情
看它已重复多次

悲伤让我们靠得更近
悲伤也是我们共同的夜晚

六月，树木青翠
几乎已长进天空，鸟的飞翔
而我们埋头生活
把每天藏在流水中
不再问为什么

"为什么瞪羚那么靠近狮子吃草"[①]
为什么梦想越是明亮
你越感到危险的临近

选自微信公众号"散步的老虎"2023年5月30日

[①]勃莱诗句。

完整

/谈骁

下雪了,落在头上、肩上、背上,
我用朝上的部分,遮盖朝下的部分。

起风了,风只会从一个方向吹来,
我用迎风的一面,挡住背风的一面。

我带着全部的身体和心灵在世上生活,
你们看到的,是风霜正在雕刻的。

我还有所保留,为了让隐藏的部分从不存在,
我已倾其所有,为了让露出的部分更加完整。

选自《长江文艺》2023年第5期

一条鱼的疼就是大海的疼

/汤养宗

每片海域都有神经末梢
波纹的细致处,也有森林中的鸟鸣与落叶
整体的疼痛来自具体的疼痛

鱼用通身的火焰漫游着
火在四面的水声中,鳞光闪闪,灼疼了
养活它的海水

一条鱼的疼就是大海的疼
它的骨骼刻写着波水中火焰的形状
每条鱼都是火的携带者,又都是海的阴影

交错着火和阴影,水声里的疼
传遍整个海域,那疼痛的地方
说出来有,摸上去却说不出具体的位置

选自《诗刊》2023年第9期

老鹰茶

/ 凸凹

那么高！硬生生，物种豹变
把一种树，长成一种茶
老鹰的凌云志
在万源，鸡鸣三省的地方
绿得如此葳蕤、凶猛
如此见筋见骨

苦涩记忆，隔夜不馊
所谓乡愁，不外乎
沸水后边的琥珀色回甜

老鹰茶，茶叶帝国的老百姓
吃食里的
苞谷、红苕和洋芋
知与不知，都是云雾群山的澎湃真理

只因在万源待过二十六七年

口洞，一直有一只老鹰
飞进飞出，味蕾的开苞
得益于鹰爪的试错与启蒙

喝过那么多老鹰茶
却从没在鹰背上喝过，更没在
老鹰嘴上喝过。所以
在鹰背，尤其在老鹰嘴上喝老鹰茶
已成我多年生就
至今未遂的美学向往

鹰背，万源的一个镇
老鹰嘴
镇境最高的那座山峰

选自《诗潮》2023年第4期

加拉尕玛的黄昏

/王单单

今晚的月亮有点小,像天上的孤村
只住得下一个人。她能否下来
陪我在加拉尕玛的草原上走走啊
我刚刚离开人群,也是一个人
我翻越了很多山丘,担心
返回时,身后的城市已经熄灯

选自《诗刊》2023年第19期

想象

/王二冬

如果你想象
快件是一座城堡
一个守护新生活的士兵
奔跑在你与他之间的快递线上
你想象快件打开
是一片天空
一只御风飞翔的鹰
从远方飞来又从中飞走
那你也可以想象
快件是一把枷锁一座牢笼
你原地呆立,在自己的城邦
是饭来张口的王
当你的喜爱之物被取出
你的心瞬时被满足
丢弃的外包装,一路风尘
亦无人念起
当你在充实时感到空虚

我希望你会抬头

看到快递线是一束光

而非一根绳

选自《北京文学》2023年第4期

生活无法交换

/ 王寅

生活无法交换,你羡慕
我们清贫的生活
白桌布上,清水满瓶
这多么像哀愁,天然铸就

我们蹲在角落里,你站在房间中央
我的四壁出色地映出我们的背影
如同一张未来的合影
例行的苦难就这样毁了我们
你心满意足时,会像
挑剔的警察那样皱起鼻子
你的赞美,你的微笑
残留在这乌托邦的下午

我每天的号码
每天的面包,每天的羹汤
每天都有伤心的勇气,

所以我已拱手交出陌生的近作
把鲜血留给清晨
把风暴交给平生

选自微信公众号"诗歌岛PoetryIsland" 2023年2月22日

你提到海

/ 王原君

你说我的句子里包裹着大海
这发现，真让我害臊
得承认，海我见过
两次在日照，三次在青岛
但亲爱的，我保证
白纸黑字的海是干涸的
我从没想过要藏匿一片汪洋
甚至大江与河流
甚至湖泊和池塘
有次，我曾写下了泡沫
没出一个时辰它已彻底破碎
我暗自恣睢汹涌
但看上去多么风平浪静
这伟大的表面——
这缀着露水的刘海，我正抚过

选自微信公众号"天天诗历"2023年3月26日

鄂东丘陵

/王自亮

1
薄刀锋山地,群峰苍莽,巨石堆叠。
悬崖,刀锋的角度与反光。
这一刻风是静止的,造化者
需要一个完整的假期。

断陷盆地中,有红色河湖相沉积,
构成一个巨大的背斜形式。
水,随之喷涌。

倒水、举水、巴水、浠水,还有蕲水,
五大水系纵横,河水涨落,湍急。
断裂构造活动使得山体上
留下切割痕迹。

更远处是冲积平原。
湖泊,一千个湖泊镶嵌在

鄂东丘陵。

2
我沿着巴水南行，一日之内
抵达长江。"鹤鸣九皋"。

老君山。被遗弃的药臼石。
夏日凉爽因得了仙气，落日如丹。
石虎石狮酣睡，没日没夜。

鄂东，长江与淮河分水岭。
亚热带与暖温带的过渡带。
华北地台与扬子准地台交会线。
大地，有太多的忧愁
需要分担。江河纠结。

鄂东是云的故乡，暴雨制作中心。
在河谷与陡崖周边，在船上，
泥泞中，人把脊梁扭成了弓。
水从人的背部奔涌而出。
雨在脑顶上分开头路。
雾气合拢门神之门。

一会儿太阳出来了。
光芒跳起了楚舞。

不规则的湖沼平原，
光的编钟正在奏鸣，
发出绿色黄色棕色相间的乐音。

在鄂东，连青铜也是
浅绿色的，阳光擦洗了锈迹。

3
丘陵，意味着缓和与复杂。
丘陵是大地最性感的
那一部分。

"谷宽"导致了"丘广"。
这个缓冲地带，就是
繁殖之神栖息地。

在这里，冲、垅、塝、畈交错，
冲积平原与河谷盆地镶嵌。
农耕时代的词儿，
复调之地形。

山地跌宕起伏，幽深河谷
与陡壁峭崖，呼应。

我在这儿发出一声呼喊，
准能获得一百种
迥异的回响。

4
土壤也是奇异至极，
既非红壤，也非黄壤，
而是黄红壤。

一种"混血的泥土"，

养育的不是"纯正"汉人，
亦非夷人，而是——

华夏之人：黑眼睛透出某种梦幻的橙黄，
稻谷之色，粟米之色。
中原与南方过渡色。

5
地理书上说，这里的人
"富有革命斗争传统"。

接着又说："居民的行为有着
犹如'五水蛮'之谓彰显的
本地剽悍好斗，敢作敢为的遗风。"

当然，我们很了解麻城人，
红安人，还有黄冈人。

你说得出的金属非金属
这一带多有储藏。我怀疑这些金属矿
燃点很低，或，干脆是火苗
燃烧了亿万年。

人就是一种伟大的矿藏呵！
活动与静止，
反抗或沉默。

看，那里有蕲蛇。
原麝、金钱豹与白头鹤，
在飞奔中，竭力

咬住时间的猎物,
从不松懈。

6
人的迁徙。水的流动。
江河奔涌貌似无声,
一个旋涡套着另一个旋涡。

人和他的族裔,也深陷其中,
移民途中,拖家带口,阻碍重重,
殒命者来不及发出最后声响,
所谓的"遗言"。

"问君祖籍在何方?
湖广麻城孝感乡。"

孝感的原居民迁走后,
很快,被江西迁来的移民填充。
谁知道,这些人下一个迁移地点,
又是何处?

在四川,我见过一个老人,
自称"来自孝感"。
脸上有水的波纹,
有车马劳顿之倦容,
山岩般的脑门……
他把那佛龛擦了又擦,
敬之如古代火种。

道路就是他的故乡。
风雪推动行旅。

7
苏轼也"移民"到了黄州，
躬耕东坡，扁舟草鞋，放浪山水之间，
与渔樵杂处，酒后躺平，
直到鼾声如雷，被荆棘
刺痛，让蚊虫咬醒。

他一辈子都是移民。
政坛移民，文学移民，美食移民。
首次贬谪后，习焉不察。

他植树护堤、悯农助农、禁止杀生、拯救溺婴，
人人都想与之交往，哪怕说上一句。

在《定惠院寓居，月夜偶出》中，
他惊悚："忧患已空犹梦怕"。

"小屋如渔舟，蒙蒙水云里。"
唯有明眸，在黑屋子闪耀。
苏轼《寒食帖》，让我看到
丘陵之缓和，山崖之陡峭。

如此豁达的沉郁！那是——
定位，定力，胸襟。

在黄州，我们仿佛见到——
他的破灶台，乌鸦，农事诗，水利，

苦雨，潮湿火光，不眠之夜，

余生之横波。"大无畏"。

选自《诗刊》2023年第13期

通信时代

/ 微雨含烟

那时候，我们互相写信
寄出去，就开始盼望
那时候，收发室都是年纪大的人
哆哆嗦嗦将信从窗口递出来

絮叨的文字
一路要突破风雨的敲打和推搡
经过暗无天日的黑麻袋，才会到达
所以每次，我们写得都很长

就连，很幼稚的话也要写下来
郑重其事地做个回答
讲讲每天的发生，讲讲
你所在的远方和我所在的家乡
我们在同一个月亮下写字
写着写着，就把各自

写得音信全无

选自《扬子江诗刊》2023年第6期

鱼啊，认识我们的自由

/微紫

鱼啊，在我清晨初醒的记忆里醒来
你悬挂；你在盘子里摊着
我闻到江河湖海的味道
你屈就于命运
最后时刻一定很痛
你也认识过自由
我们所有生命都在囚禁中
或死亡中认识过它——自由
生命已经被做成某种食品的味道
我们吃着
每一张口都在品味
品味死亡也被死亡品味
据说我们都被赐予最后的许诺
——最后，是一个花园
在死亡之后，明亮，繁荣，不熄
长过星光

那是一种开始于此刻的崭新种植

选自微信公众号"新诗歌"2023年9月10日

静默

/吴冬

这昼夜不止的雨水
除了让麦子再绝望一些
人世间的寂寞更深一些
再没有别的了。

不，其实还有——
五月的那个上午，你很想
雨一直下……
你必须坦陈这一切
你宣判自己无罪。

虚构的故事现场：旅馆，床，茶，雨
危险物质，都在实处。
半晌过去了。
你们安静地坐着。
像两个逗号融在雨中。
像荷叶包住硕大的泪珠。

那么安静，自然，妥帖而孤单。

在浊世，灵魂不可解释。
当你们各自返回人群，
那静默，尤显得迷人，清晰。
它使你相信，那静默里
你们已交换了
半生秘密。
像一幅画，
缺了一小块
在时间里，构成了另一种
完整。

        选自微信公众号"狐梅子酒肆"2023年6月17日

我将回忆

/西川

我将回忆那壮丽的落日
我将回忆你的手
怎样驱赶傍晚的蚊蝇
（那时你年幼无知，不懂得爱情）
我将回忆你乌发的悬垂
靠近岩石，我将回忆你
胸膛内的沉静、你的聪颖
第一颗星星出现了，远处
一阵歌声撞着那金箔的树叶
而这是你的歌声
从你窄小的胸膛里飞出
像一片光明跃出冥暗的水面
将那六点钟的光阴留住——
我将回忆你闭上的眼睛。
天空滑行着瘦鸟
你的歌声温暖着太阳
靠近山顶，我将回忆你额头上的

夕晖，我将回忆那壮丽的落日、你的侧影
（那时你年幼无知，不懂得爱情）

选自微信公众号"一见之地"2023年6月13日

雪夜访戴

/ 向以鲜

你或永远不知
我在这样的时刻来过
多么皎洁的拜访
如同我不知

在我到达之前
比雪更白的野兽来过
比夜更黑的痛来过
风暴和佛陀来过

本想叩开柴扉
一起漱琼瑶抚破琴
一起倾听悲伤的灌木
观看命中纤鳞

雪,越下越大
像一则纷乱的寓言

多么幸福的归程
整条剡溪都快冻住

我爱这反反复复的世界
我爱这来来回回的荒涂

选自《人民文学》2023年第4期

小美女

/小点子

去学校经过你家的门口，会遇到
你坐在轮椅上，朝我和小云吹口哨
我们很害怕，不敢看你

这时你家的狗，也朝我们狂吠
而你高声喊："小美女——"

不知道你是在喊谁
每当这时，我和小云和狗狗
都会忍不住向你望去。

选自《鲁西诗人（文学内刊）》2023年第1期

转瞬即逝

/ 小西

上午七点
卡车运来了大雾
分不清柳树还是楝树
都是一团模糊的绿

隐隐听见
一个人在树下哭
她可能哭的是过去
或者未来。

未来太过漫长
大雾遮不了，卡车运不完
更多的眼泪将流出来，浇灌这些树
让它们开出转瞬即逝的花

选自《芙蓉》2023年第5期

有人游

/肖水

回到抚州,家人给他安排了相亲。
他喝了不少酒,倒在屋顶露台的谷堆里,睡着了。
腊月难得的艳阳天下,停了很多返乡的汽车。
蹒跚学步的侄子,拿树枝,去戳他虎口上的彩色蝎子。

选自《绿洲》2023年第1期

复眼

/谢湘南

城市长出无数复眼
高楼与高楼互为影子
在不同楼里加班的人
走出办公室,在过道抽烟
烟是烟的伙伴,它们快速相融
触碰,纠缠,闻着彼此的质地
瞬间消失在风中。抽烟的人
也许看见了对方,也许
只是闻到熟悉的空气,幽幽
也许什么都没有,只感到
吸入体内的闪烁,让自己舒展了些

爱情是吸着的烟,最终都是
一支烟的工夫,从烟嘴到烟屁股
城市的夜晚演着偶遇之年
难道这不是中年的常态
难道抓着青春的尾巴不放,中年

就被挡在了外海?
视线疲累的城市
久坐掐住荷尔蒙的咽喉
一包烟,从晚上八点至十二点
从二十支至一支
抽烟的人,就像两个互为探监的人

他们想重新定义烟,就像重新定义人——
"烟是生活的别称,"他们说
他们什么也没说
城市的公共场所不需要
对视,大家都埋着头,在屏上
屏是复眼,还是千里眼
城市的公共场所都有复眼
它们转动　录影　上传
数据传到天空,云上
烟在盘旋

——云覆盖着楼
云在天上连成云团
楼与楼也亲密起来
这栋楼的人走进那栋楼
那栋楼的人走进这栋楼
人在城市的黑板上连线
人,游走的烟,游戏的原子
从一只眼睛到另一只眼睛
从这个摄像头到那个摄像头
随身携带的目光,一个人身后
总有另一个人,另一双眼
像从不离身的手机

像与生俱来的叹息

他们说"拳不离手　曲不离口"
他们想重新定义香——烟
一栋楼就是一支香烟,城市的烟火气息
都来自竖立的楼,楼从来都不想躺平
这个城市的楼比着赛
往天上跻,往天上刺
云来了,有时绕着走
有时就扑进了楼里

选自《文学天地》2023年第6期

没入雨季

/ 徐晓

你在大道上走着，在微雨中
在水洼边小驻，继续走下去
你走在泥泞的雨中，雨水并不大
你想一直走下去，走在潮湿的
有水迹的道路上
你不愿前往干燥的路面
那白色的暖融融的大道上
会留下你的影子。阳光会让一个人
藏在内心里的恐惧显形
而阴影，如同一个
半途中止的噩梦
你突然意识到了它的存在
阴影处有什么？是两只眼睛
还是无穷尽的眼睛？
它们在暗处闪着凄冷的光
像随时会被启用的脚镣
你不敢回头，不再期待干燥晴好的路面

虽然你痛恨这无尽的潮湿
就一直在雨中，仔细绕过一个个水洼
你走着，独自撑伞走在那不确切的雨中

选自《诗刊》2023年第6期

我竭力空旷

/ 薛菲

乌孙山就在面前
九月星辰浩大,繁霜密布
消失的古乌孙人
是又一年枝头的野果
无名无姓,没日没夜
悬在时间的悬崖

进或者退,醒或睡
丰收的露水,沉默的土壤
牧群庞大如洪流
经过我手中的一碗茶水
经过我心里的一滴眼泪

它们停伫在九月的时候
我竭力空旷,割草,捆草
在天空的一望无际里
蹄声过来,尘埃过去

一年年"我依然两手空空"

然而充满乌孙山的美和险峻
应该也一样勾勒着我

        选自《诗潮》2023年第1期

有一年

/杨键

有一年，
在江边，
十几头牛，
好像白色的化石，
在眼前移动。

我再定睛望江水，
江水在移动，
却像无声的幽灵。
唉！
一切都过去了。

选自《文学天地》2023年第5期

巴丹吉林沙漠之咒

/ 杨森君

一粒沙与一粒沙之间的缝隙
很小

如果掉下去
一根针

如果针是立着的

针会继续下沉
直到看不见，直到——

沙漠里
藏有一根针的
事实成立

选自《扬子江诗刊》2023年第2期

我的女儿

/ 杨邪

她坐在床中央
小小年纪
就有一头蓬勃长发
让人惊喜的是
长发中间有几缕变成了
青青的蒲草模样
上端开了花或结了果

她望着我
一副从未被欺负过的模样
一副着实欠揍的模样
我抢身过去抱她
可她化作了空气
只留下一连串
咯咯咯的笑声在逃窜

选自微信公众号"当代诗选"2023年2月22日

棋子

/夭夭

我在其中。推开手边的窗，
那么多身不由己的河与岸……

它们和我有什么关系？
我在虚无中央种下粮食、因果，
一年又一年，没有别的打算，
我仍深陷其中，如一件将要生锈的旧物。

如果凋零就先把我落下吧……
落在枯枝后头，
像一片盲了眼的雪花，
一步三回头，走在冬天的深喉里。

选自《诗选刊》2023年第3期

旷野之人

/ 姚辉

别去强调云松软的
规则：它曾深入
你的骨头并抢先宣布
一部分灵魂作废

草叮嘱沿草根上升的露
要努力变得重要变得
像神的一顶帽子
鸦和巨鹰的争执源于夕阳
或许也将源于残碑上
吁叹的半爿人影

谁以祖先的爱恨测算
我们无法背弃的夜？
蝶翅上烙满另外的祖先
他们正掠过大量
风化的承诺

在墙与眺望之间　一条路
进入草的劣根性幸福
草让太阳变暗
让太阳成为辜负者不断
辜负的理由

我本旷野之人
以风中之花为梁柱
我试图构筑的往昔又被
挪至下一个黎明
右侧——

选自《草堂》2023年第12期

春夜

/叶瑞红

在春夜，我还远不是我
我是那柴扉，在一个小院里
等待一阵东风，叩响我
惊蛰以后，慢慢复苏的
不仅是冻土，还有那枯木的心

在春夜，我还远不是我
我是那滴滴答答的细雨，洗蓝了天空
洗绿了柳枝，连上山的青石板路
也开始泛青，那个扛着树苗上山的人
兜里还藏着一支准备送给恋人的口红

在春夜，我还远不是我
我是墙角那一株青藤，是屋里
那一盏青灯，是灯下的一封旧信
在春夜，我就是我

就是拆读旧信的那个人

选自《青年文学》2023年第3期

遇见一个给灵魂让座的人

/ 叶延滨

他是独自一个人
灵魂坐在他身旁
也是给灵魂让座的人

他坐在沿街的石阶上
眯着眼像在晒太阳
他唱太阳出来哟暖洋洋

唱得不好听嗓子沙哑
他就独自坐在街沿
面前塑料筒小费没几张

他每天都来
天晴天阴都一样
坐在街沿唱太阳暖洋洋

走过的人有的是遛狗

有的是匆匆忙忙
走向不知道结局的远方

他来唱歌是个伪装
忠实听众永远坐在身旁
他天天领着灵魂来晒太阳……

　　　　　　选自《江南（江南诗）》2023年第2期

孟连梦醒

/ 殷龙龙

1

手起刀落前，弓下身
刀下留人时，变作魂，短一点的，能续命

醒来，一片黑，还活着吗？
至少能摸一下梦境
捂着鼠标往下拖
夜属于温暖的传说——套上袜子，松松光明
抓住影子，把它倒过来
倒出傲慢、妒忌、贪婪、欲望
收在抽屉里

2

破晓前，我学会了马语
悄悄伏上马背
不惊动旷野。矮树林拔走大黑山
却挡住羞愧

我说：空气浑浊，不如我们做朋友吧
不如你直立行走
前蹄分叉，握着木棒或鞭子

3
你每晚睡在自己盖的窝棚里
房子让给我，听风
连风过来也要喊几声：孟连，梦甜
工人们休息了，你也秒睡会儿
上下铺，上下节省
笔记本、口罩、护肤霜、茶都是从普洱带来的
耳朵贴成阿拉伯数字"3"
意象、韵脚，无法活成榕树的模样，它们太古老
枕着根，疼痛拼命生长
彼此像三十多年未见的同学
见面就漆黑一片
边境、冬夜，繁星偶尔挤上天

4
这里是工人苦钱的厂子，几台机器，铁和不锈钢卷
圆形水塔空腹不饿
黎明匍匐前进，它早年当狙击手时
且有赏金与叛变的大腿
狙击
偷渡的人，吸水烟的人
他们先投石问路
后来才发现很多巨石挡在前面

选自《草堂》2023年第1期

羊

/ 尹马

羊一直都是和小脚的祖母
站在一起的,在我很小的时候
就知道,她们有相同的犄角
和皮毛,她们都像姐姐一样温顺
看见路口有小声谈话的人
就悄悄躲开

我的祖母离开人间已经很多年
现在,她的羊从山顶
以梦境塌陷的方式,奔袭到雨中
到大街小巷去。它们突然拥有
粗糙的笔画,邪恶的偏旁
它们挣脱洁白的月亮,来到我
为自己让出来的那块空地上

那些羊啊,开着花,唱着喏
经过我的父亲母亲,经过

每一个把身体藏在刀锋里的人
那些羊啊，打着妹妹的旗号
去每一个人的梦里，把自己
拼凑成一支被病痛包裹的
溃败之师

        选自《当代诗歌》2023年第1期

荒草问题七帖

/ 影白

1
思考太久了,
必形销骨立?

令荒草碧绿的思考
是枯萎的一种假象?

令假象蔓延的思考
是饥饿挑明的一种
不朽的普遍性?

2
消磨太久了,
泥泞之路长出了荒草。

"荒草无须记忆的

抚慰，所以它们年复一年地
长出自我毁灭的肉身。
它们用泛黄的谎言消磨着
彼此的肉身，无须一种灵魂的指引。"

3
而我眼前的思考是一双
镶嵌在脚板上的旧芒鞋。

一只消磨着我活下去的意志
——无须削足适履？

一只思考着另一只的万古愁
——无须庸人自扰？

是不是父亲坟茔上的

4
荒草，比我中年
天灵盖上的荒草更接近
时间的本质？

身居荒野太久了，
渴望一种密室逃亡吗？

"奇迹是心思缜密的
灵魂秩序员编写出来的。他
深居简出于荒野，他是蝴蝶的同类。"

5
我知道，蝴蝶赋予奇迹
一词的可能性——

一种思考的翕动
令我看得更远一些？

我知道，在一万七千种
蝴蝶中，唯有帝王蝶一生都在
荒草之上，迁徙——

6
露珠里有大海的雏形，
而悬崖峭壁之上
有没有一马平川的思考？

需要一间密室，
让荒草来破壁？

"阻碍你的不是眼前枯槁萧疏的
荒草，而是内心葳蕤疯长的荒草。"

7
思考太久了，
消磨太久了，
身居荒野太久了，

荒草的禀性
难移——

我是时间歧途之上，
一蓬被冽冽北风吹白的荒草？

选自《边疆文学》2023年第3期

折线

/于贵锋

一条线折来折去，起点与目标之间
热闹非凡。我也在大幅度的折线上
东转西拐。一侧阳光照耀，一侧

青山坚硬，积雪保护着时间的名声。
甚至我能穿行在线条幽深的隧洞
断绝与外部联系。车轮之间有力的

连杆，冷暖自知，隐秘推动同样
运转机制的更多其他事物。喉咙
概括后开始找寻具有生命的细节。

直线就是直觉吗？能将旅途与留恋
一次次连根否定。假装找到对应物
桥一闪穿过头顶，两座山白头相拥

一个又一个窟窿在旷野上擦洗着

风里钻出的风。阳光紧紧地接住
明亮一遍遍安慰：梦是真实的影子

命运一探头就像设计师得意的作品
承载前途的重任。火车也长出翅膀
轻呀　一次又一次摆脱引力的控制

选自《诗建设》2023年第2期

平静

/余笑忠

战时，腥风血雨，死伤无数
鏖战间隙，一位指挥官自己动手
做起针线活，同僚问他
为何不让女兵代劳
"这样好让自己平静下来。"
他的笑近乎羞涩

老年彼得·汉德克
离群索居。喜欢针线活
有时不为缝补什么
只想让一根线穿过针眼
他修剪了线头，用嘴抿了抿
反复试过几次，每次
都功败垂成
他的双手沉重，他的目光平静
穿针引线动作既不能太轻
也不能太重，他声称——

"这是一个禅学问题。"
但这活儿更考验的是眼力而非经验
投针于水才是禅意

纵使满满一盆水
一根针亦能穷尽其底

选自《诗刊》2023年第5期

蓝色的木星

/余秀华

你冷静，像蓝色的木星。我炽热，是等待毁灭的火星
宇宙里还有多少无法企及的秘密
它们有时候是飞转的旋涡，有时候是深沉的海洋
更多的时候就是我自己

我的欲望是火，绝望也是。我的爱情是火，孤独也是
如今我们的相遇注定了头破血流
注定把这坍塌的后半生武装起来
再到你面前一败涂地

也注定了血肉模糊的分离。这孤独的火，白发苍苍的火
这无处落脚的星球
而你，在和我遇见又分离后需要更大的力气
遮蔽你自己

遮蔽你自己再去爱，去信，去塑造一个俗世的自己
想到此，我就熄灭我自己

像斧头砍下山脊
陡峭。没有回还的余地

而落实到此刻：你在人潮涌动的城市，我在荒芜的村庄
我一片一片摘下挂满墙壁的祈祷词：
神啊，赐我年轻的爱人
赐他丰满，无限的生命

选自微信公众号"余秀华"2023年2月14日

海浪

/字向

书写的动作如水

放映深海动物的幕布如水

是你永不能够行走其上的水
是无形手艺人塑形的工作室
"隔开水和水，用空气"
于是第二天，水雕塑了空气
空气围困了滂沱的水
在地球上

这是大海
在第六天，就造了理解
一种力叫理解
无限是种自我吞噬
在第六天，造出这秘密：
一片框住的无限

并且，你是最小单位的造物主

你是保密员的一员
自滩上来，到对岸
不是西雅图到上海
是一只手，到另一只
你是，一个
穿过
无限的人

选自微信公众号"英特迈往"2023年12月6日

照相馆

/ 语伞

想有一张好照片，事实是
你一直在等待下一张。
像从未与真实的自己相见过，
面对镜头，表情仍需提前准备。

布景在变，坐姿是个永恒的
难题。向左，或向右，
任何弧度，都像在拉满弓
驯服一部分叛逆的自我。

现在，胶卷狭小，数码宽阔，
废弃的底片，已是怀旧之物。
凭借一个尬笑，你将再次获得
快门一闪。凭借风，你怀抱
新的自我，如抱着
置放了密纹唱片的复古留声机。

最后，所有照片都显示了出来，
每一张都不像完整的自己。
摄影师指了指补光灯，另有一种光影
仿佛来自记忆之外。你急迫地
想从照相馆逃离，逃离流逝——
那道如永夜的伤口的邀请。

        选自《特区文学》2023年第6期

杏

/ 玉珍

杏坐在那儿,纯真,胆大
一层皮包裹它体内北方的光
直至腐烂掉天才的色彩憔悴出皱纹

当它们脱下包裹纸晶莹地滚动
那清丽绝伦完全不谙世事,从北到南穿过时间
在这儿建立浓烈金字塔
昏暗中纯真立体如马蒂斯

酸甜的上帝颜料,圆形颗粒状巴赫
李白的酒味烈性果实,皮上的雀斑
使它活灵活现,夜的暗蓝色为它而涌动

几年前北京的秋天,我与朋友们穿过一个园林
穿过法梧,杨柳,黑白天鹅和人工湖
枫叶与紫花丛中杏果堆积成一种云图
它纯洁地缀满枝头,幼小地俯望我

密集地成为空中的潮流
在山楂与柿子的交映中，它的美使我陷入爱情

从窗外的丛林望去一片无价的秋天，
杏裹在闪亮的秋色中，点缀最柔媚光明的部分
从枝头泻下来万丈光芒
它们将青涩献给豪洁秋天的黑暗
只有那酸味青春得像在尖叫

现在它坐在我桌上宁静如永恒星群
傍晚强硬的蓝中散发着将夺窗而出的迷人
关灯也熄灭不了那色彩

空气中隐藏着酸甜，它的魅力使果盘染上羞红
使房间的主人陷入艺术性想象
它送来锋利的光又用哲学的冷淡消灭它
在神学赋予的长腿与跋涉中
成为一颗人杏，它仿佛能够言语

它是夜晚的亚当同时是夏娃
雀斑与褶皱下它在告别
衰老洞穿了斑霉与黑孔
就像我离开那优美的秋天，枝头已
不能再沉甸了，果汁的甜蜜到了尽头

在桌上，另一片森林从黑暗中挪移
进入那些果核，它们的迁徙结束了
它们腐烂得如此宁静

选自《百花洲》2023年第2期

祈祷词

/郁葱

万木葱茏，祈祷万物不失一物，
祈祷环球凉热，皆有阳光。

不要诅咒疾病和痛苦，
它是尘世的一种味道，
幼年和衰老是一样的，
繁华和苍凉，也是一样的。

祈祷青草能长得更好，
青草繁盛，人烟就旺。
祈祷能听到，能看到，能走路，
是的，这曾经是轻而易举可以得到的，
但祈祷它能与人们相伴终老。

恭敬万物生于有，
祈祷若有皆为无，
水不是还流吗？不会失去很多。

祈祷落幕时，安安静静的，
启幕时有多安静，那时就要多么安静。

祈祷手里的一杯水，变成雨，
能普照时，阳光就别黯淡。
祈祷爱，爱了，天地就暖，
祈祷一年四时，总有苦乐，
暖春寒夏，皆有枯荣。

我祈祷。
如盛草，如衰草，
如草底之尘埃。

选自《星星（诗刊）》2023年第10期

南岱问山

/ 郁颜

去南岱的路上
手机没信号，适合失联
坐在大巴车上，山在后退，水也在后退

古道与土墙静默成谜
一路上，假装游客探头探脑
踩着先人的足迹，走失在一片茶园里

向古村问一声好
向花花草草们问一声好
在一处石缝间，听到了它们的回音

选自《十月·长篇小说》2023年第3期

他们的喉结一直在蠕动

/喻言

我看见一个人
他的喉结在蠕动
然后看见一群人
他们的喉结在蠕动
我看清他们的长相
他们彼此如此相似
仿佛每个人都是
另一个人的影子
他们弯着腰
小心地站在那里
他们的喉结一直在蠕动
他们弯着腰
小心地站在那里
很辛苦很屈辱
他们以这样的姿态
站了整整一生
他们的喉结也蠕动了

整整一生
有一句话
卡在他们的喉管
漫长的一生
都没说出口
我知道这一切
我正是他们中的一个
我首先在镜中看见那个人
然后再回头
看见他们

选自《钟山》2023年第6期

雪松

/云亮

雪松伸长胳膊
仿佛它们这一生
唯一要做的事
就是等雪落下来

一年中只有几天
下雪。雪松在一年中
只有几天才能称得上
真正的雪松

它们的胳膊就那么伸着
仿佛稍一懈怠就会错过
雪落到身上。错过成为
真正的雪松

在四里山下,一长溜
高大挺拔的雪松

让我忍不住虚幻了一场雪
纷纷扬扬落在它们身上

选自《莽原》2023年第2期

回忆，室内的雨

/ 臧海英

旧时代的雨水，下在室外
也下在室内。我看见父亲背着我
从西屋挪到了东屋，又从床上
挪到柜子里。柜子之外都是雨声
和雨水。我看见我，躲在里面
想着父亲裸露的背，异样的感觉。
父亲没有察觉我隐秘的成长
整晚在摆弄盆盆罐罐
雨水接满了倒掉，接满再倒掉……
外面的雨停了，室内的雨还在下
滴滴答答，从多年前来到今晚。
年轻的父亲，少女的我
留在时间深处漏雨的房间。

选自《诗刊》2023年第3期

独坐书

/张二棍

明月高悬，一副举目无亲的样子
我把每一颗星星比喻成
缀在黑袍子上的补丁的时候，山下
村庄里的灯火越来越暗。他们劳作了
一整天，是该休息了。
我背后的松林里
传出不知名的鸟叫。它们飞了一天
是该唱几句了。如果我继续
在山头上坐下去，养在山腰
帐篷里的狗，就该摸黑找上来了
想想，是该回去看看它了。它那么小
总是在黑暗中，冲着一切风吹草动
悲壮地，汪汪大叫。它还没有学会
平静。还没有学会，像我这样
看着，脚下的村庄慢慢变黑
心头，却有灯火渐暖

选自《绿风》2023年第1期

风在吹

/ 张新泉

许多朝代都趴下了
尘世太脏,还得使劲吹
把众多纸做的泥做的冠冕吹破
送鳏夫寡妇入洞房
让不朽与永恒统统作废……
我含着的这缕风
是专门给箫和埙的
天低云暗时,替一些人和事
唏嘘,流泪

选自微信公众号"白夜录"2023年2月12日

在本地

/ 赵卫峰

按照安排，两岸的灯火尽心尽力
像往昔，守规矩，像婀娜的行道树
路人皆知，流水一旦入了城
就没了隐私，怎么扭曲，怎么浪
河道工人熟稔，钓客也不陌生
流水般的夜摊之主
如敬业的女导游更是胸有成竹
我曾多次进入同一条流水
我曾经过不同的流水，如她所言
我的鞋可能还会被打湿
很多话听到也就听到了而已
其实流水也应该听到了，但她不管
人话鸟鸣，鱼之腹语，她应该听得太多
她继续摇动蛇身温润地配合着
两岸的灯火，按照安排
只引导，只布景，只对路面负责
并不管一条流水干净或脏

一条向远的流水，也是
一条自有想法和深度的流水
只管从容，宽容
不在乎谁在古老的星光下夜泳

          选自《山花》2023年第1期

距离

/ 赵晓梦

世界并不站在现实这一边
离开很久了,我仍然是距离的
反方向。高原的地形地貌
限制了梨花的所有想象
离开的那个清晨,河谷被
自己的伤口照亮,就像沙子
在脚掌下退缩,没有青春的永恒
没有牙齿重新找到一块石头
你从那些白雪的火焰面前经过
缺氧的眩晕,在平地上奔跑
即使在乏味的门槛上掀翻自己
梨花的血管也会在身上破裂
我们走在时间的裂缝上,被
夜晚的灯芯掏空了身体
即使有人一本正经地胡说八道
也还原不了梨树内心真实的模样

风吹进窗棂,金川在身边沉睡
下着雨,我醒了

选自《鸭绿江》2023年第10期

瓜州

/ 赵雪松

我是一名苦役犯
住在瓜州的村庄
六工村，七工村——十四工村——
这些名字就是我的来历
汉字在这里变得极其简陋
像这里的戈壁一样荒凉
这些汉字就是我的表情
在这些笔画里
我仍然是戍边苦役犯
修长城的囚徒
镣铐发出的"哗啦、哗啦"的声响，
仍然在我脚上

选自《作品》2023年第7期

青山赋

/周籔

我的身后除了雨水，还有黛色远山
空蒙烟雨蔓散而来，而我们数着
白色雨滴细点着苍苔，沉浸于
茅草屋顶下坠落的，阒静里的幻听

顺着一条通到山谷的小路
我看见自然所产生的爱
结为一粒褐色的野蔷薇果
虚拟的触角展开，如爬藤数不清的脚

以什么为迹象表达爱的欲望？
蠡嘶。寂枝。雨声。我们拥有着
相同的，薄明的半日
凉凉的野花，从裸露的小腿拂过

你湿润的手心摁在我的背上

青山面目朦胧,我们不知爱为何物

　　　　　　　　　选自《胶东文学》2023年第12期

乡村

/朱庆和

雨后的村庄显得更轻也更温良
通向田间的小径同时通向了天堂
一家人从屋檐底下走出来
孩子们就像父亲手中的稻穗
稻粒上的雨水不时滴到了他身上
地上的蚂蚁比雨前更为忙碌
父亲对孩子们说了些什么
它们不去关心,这不是它们的事情
黑骑士们只是一边奔走
一边唱着古老的谣曲
"人间的收成一半属于勤劳,
一半属于爱情。"
村里漂亮的蝴蝶已经穿着裙子
在田间飞来又飞去
河里的鱼群也都跳上了岸边
它们更喜欢岸上的生活
可父亲还在那里固执地说下去

"我什么也不能留给你们,
也无法留给你们。"
不走运的父亲就这样一直鞭打着
用话语一直鞭打着他的孩子
人们看见古怪的一家人朝稻田里走
通向田间的小径同时通向了天堂
雨后的村庄显得更轻也更温良

选自微信公众号"英特迈往"2023年3月5日

越荒诞越奔跑

/朱涛

喝下早晨三颗秘不示人的泪滴
用墨绿的胆汁涂干空中泉眼
给他十个春天的刀子
再像旧日油漆一层层剥落
披上丝绸的凉爽
插在沼泽地上
让未来捡拾他的手
举起火把

时代的指针遭遇美人痣
悠然吃着巧克力太阳
稀释燃烧的冰
嗅出时间馊粥的味道

既然真理像烧焦的慧星
剩下碎瓦砾的尾巴
那就用灰烬彻底激活它

雕琢成钻石
支撑起雾霾雪崩的白昼

星星卡在蓝色弹匣里
不因金粉受潮的恸哭回心转意
困倦的群山看着凹陷的鹰钩鼻
勾引发红的月亮
越荒诞越要奔跑
用更脏的生意养活蹄子
赶超看似永久的不锈钢车轮

选自《作家》2023年第3期

齐梁晴云
——和桑克《金陵二首》兼呈同游诸人

/ 茱萸

灰白中透着点儿蓝。暮光
沉下去。晴天的卷云和积云
下班了,随即是更大片的黑。
那会子还算暮春吧,在南京
街道两旁尚有执勤的杨柳
用它种子上成片的白色绒毛
为你我拂拭鼓荡着的万古愁
以及扬子江上连绵的烟波。
终究禁不住越拂越多。

……从高层的房间里下来,
出酒店沿中山路走一小段斜坡
再转入暗巷:小粉桥,广州路,
平仓巷,陶谷新村,金银街。
温习功课般,用步履丈量了一番
早已著录于图的金陵地景。
这一小片土地和整座城市同样

古老而又年轻：远至六朝，近到
当代，那样一个夜晚却没有

什么真正应景的掌故值得说，
除了一家烟酒店门头闪着荧荧
绿光的招牌。楼上是棋牌室或
练歌房？是的，精研了掼蛋技巧
或响遏行云式唱腔的人们并不
需要在又烟又酒的万古愁绪中
讨一剂自我安慰的良药：
楼上楼下完成了一轮风险对冲，
街头游荡则消受了我们的残宵。

          选自《上海文学》2023年第11期

人间来信

/ 祝立根

谢谢你，从人间寄来的青菜
米粒、汗水和疼痛
我已换成了奢华又无用的诗章
天上的生活
蔚蓝又辽阔，一沓沓书籍搭建的
天梯上，清风吹动兰草
闲云步出雨后，谢谢你
愿意和我一起回忆
我们之间那古老又酷烈的战争
撕裂的闪电，同时抽打着
灵魂和肉体，我们之间的宽宥和爱
又使它们幸存者那样
忘情拥抱，谢谢你
自愿认领了这世间的另一个我
悲伤的、绝望的，苦熬苦撑的那个我
一生就此耗尽的我，这也没什么不好：
一个我在劳作，一个我在挥霍

一个我活在白云中,一个我
则躬身于人世的草丛
献出了他坚硬又荒凉的背脊

选自《滇池》2023年第5期

腐烂的苹果

/庄凌

一颗腐烂的苹果
走不动路了
躺在我的书桌上
像一个苍老的妇人
挂着一张皱巴巴的脸
偶尔渗出死亡的气味

我并没有把它扔掉
这里没有适合的空间
但是一件新陈代谢的艺术品
衰老也是一种浪漫
残缺与不完美才是永恒

在这只布满皱纹的烂果子上
我看见了去世的外婆
也看见了明天的自己

最近我看见一个孩子朝我跑来

选自《诗歌月刊》2023年第10期

第三辑 名家赏析
——抒情就把秋风恨得咬牙切齿

尚仲敏诗选

生命
雪白的灯光,洒满了一桌
安静、温暖,就像冬季的太阳照在海上
这正是作诗的大好时辰
但我提起笔,迟迟落不下去
我看见一只飞行的小虫,绕着灯泡
有几次它想在上面停住
它太小了,我不忍随手把它杀伤
就连我嘴里呼出的一口气
也会使它东倒西歪、撞上墙壁
这种情形就跟我们中的每个人一样
又微弱又自持,在命运的手掌之下
时刻提防那飞来的一击

生日
她把房门关好

让别的人不得进来
她弯下腰捡拾东西的姿势
纯洁、生动
就像窗外的雨滴,又清凉又温柔
这个稀有的时刻
连同我饱含眼眶的泪水
叫我感激不尽
我们毕竟刚刚认识
彼此还没有道出身世
她显得多么小心翼翼
只怕碰坏了我心爱的物品

如果我能活过这一年
我就会知道,下一个生日
谁来帮我收拾房间
或者只我一个人,在书籍、音乐、杂物之中
来回踱着步子
考虑是继续待在这里
还是远远离开,永不回来

大地

有多少伟大的天才,被你喂养,又被你埋葬
给予他们的,你最终都要收回

我没有一刻离开过你,你的宽大
使我踏实,并且时刻保持镇静
当我跌跌撞撞,或者有人从后面推我一把
只有你能够把我稳住

你负载一切,大地,我宁愿把你当作我的母亲
如今她已满头白雪,但仍然硬朗、饱满
亲切而又渊博

你的言辞,如果不是随处可见的石头、树木和庄稼
难道会是别的?
会是脆弱的花朵、高高的桅杆上隐藏的风暴?
就像我那美丽的妻子,终日沉默的嘴唇
沾满了苦涩的滋味、昂贵的热情
警告那些志大才疏的败类
让他们从地上来,还是回到地上去

过去的朋友

过去的朋友
像过去的日子一样
纷纷远去
我走到街上
在人群里
一眼就认出
是你
头发很长
还是那件衣服
颜色已经发白
而我们没有点头
就这么擦肩而过
连一句话
也不讲

杜甫

我住在草堂附近,那里建筑高大,翠竹茂盛
刚好供我散步、乘凉
有多少人要走很远的路,来看一看,想一想
沐浴杜甫的光芒和荣耀
我却捷足先登,一切尽在眼底
或者熟视无睹

但我永远忘不了那一片树叶
某个傍晚,它随随便便落在我的脚下
它太轻,又太小
颜色鲜艳,就像一只刚刚哭过的眼睛
动了几下,才稳住不动
我越看越觉得它跟我一样
它就是我体内腐朽的部分

如果它落在当年杜甫的脚下
杜甫是弯腰把它拾起,还是一脚踢开

春天的少女

同春天一起降临的
是满街的少女
我多么想叫出她们的名字
她们走动的姿势
纯洁而又坚定

天黑的时候
她们会回到哪一间屋子

会在哪一张床上
安顿下来

或者就像树上的鸟儿
适宜这时的气候
既不远走高飞
也绝不停留

经历了太多的平凡岁月
我已习惯对身边的事物
不再默默注视,更不会轻易说出
但街上的少女
这些可爱的小家伙
她们走动的姿势
永远让我敬仰
并且怀恨在心

晚来天欲雪

公司的海归博士
干到年底,对我说
本部门有一位初中毕业生
为什么待遇比他还高
我说,晚来天欲雪,能饮一杯无
你猜是哪位古人写的
为什么要这样写
他说,我是学核物理的
喝酒有害健康
真不知道这位古代老哥
这样写有什么意思

我说，这就对了
那位初中毕业生知道

岁月

我，一个掏鸟窝的少年
我真的喜欢爬树，我还喜欢
下河抓鱼，喜欢用自行车链子，和苹果树枝
自制火药枪，冷不丁，朝天打一枪
谁没有童年啊，中秋节，那个悄悄在我课桌抽屉里
放一个苹果和纸条的女生
坦率地讲，我把它们一起，交给了班主任
这是我一生干的最愚蠢的一件事
后来你就转学了，你那时多美啊
后来，在一次同学会上，我们都已面目全非
我是个老实人，轮到我发言
我说了一句老实话
我说，岁月不饶人，岁月可能饶了男人
但岁月从来不饶女人

走在凌晨三点的成都街头

走在凌晨三点的成都街头
我突然笑了，这惊天一笑
当然，也是会心一笑
是因为我，想起一个久远的人
名字已经忘记，他的口头禅是
"我给你举一个简单的例子"
有那么一个下午，我们喝茶、聊天
他每句话开头，都是先举一个简单的例子

末了，大家起身、握手、告别
他说，下次再聊
我说，麻烦你下次给我
举一个复杂点的例子

我在等一个人想不起她的名字
这些年
我一直在等一个人
自从很久以前
父亲把我送出十里
再送十里说
飞吧
我就开始等这个人了

我知道我想飞也飞不起来
其实我在等我的另一只翅膀

我始终在等一个人
睡梦中她来过一次
有一句话我没有说
因为我看不见她的眼睛

这些年
我一直在等一双眼睛

我的心里有一朵花
她的脚步声一叮嗒起来
那朵花便开了
现在它还没有开放

只是季节还没有到来

我在等一个季节

其实我在等我的另一只翅膀
我知道没有我她也飞不起来
我想同她一起飞

海
我没有去过海边
我想
海一定很大
大得不能再大了
听阿冬讲
它简直比我想象得还要大
阿冬是一名水手
他一出海
就意味着要刮台风了
你看你看
海就这么大
无论如何得去见见海
见了海
这一辈子也就
不想见其他东西了
见了海
其他东西就不是什么东西了
你看你看
我就这么站在海边
指指点点

有必要的话
我还想喊一声啊大海
这一喊
连阿冬都会羡慕得要死
无论如何得去见见海
总不能老是
一个人呆呆地坐着

朋友

你不要老是
提起往事
好像只有在往事里
我们才是朋友
你来了
就找个地方坐下
随便哪儿都行
现在这世道
能找个人谈谈
还真不容易
而你支支吾吾
王顾左右而言他
小心的样子
生怕损伤了我
好像往事已经消失
我们一下子
这么陌生

现状

我停笔已久
在这个铺满水泥的城市
每天到处游荡
靠上班挣来的钱
刚好能够料理自己
吃喝、抽烟
最近尽量少抽点

有时满面愁容
守着一张桌子
读小说、晚报
但我对下棋日渐喜爱
拈起棋子
往这里摆、往那里摆
这些可爱的小东西
听任我的摆布
只要我愿意
就到敌人阵营一阵冲杀

多少时光我俯身于棋盘
我很想找一个落脚的地方
晚上睡觉
白天大干一场

歌唱

我要歌唱在路边哭泣的小孩
不知是谁家的孩子
脸蛋又肮脏又丰富

哭起来全身都在动
唉，你那么小
我一把就能把你握在手中

我要歌唱大街上的少女
关于少女，没有人比我知道得更多
她一边走路一边展示
像鸟儿展开羽毛
过一会儿又合上
像一朵含苞待放的蓓蕾
不管抱到谁家的阳台
都会开花、结果
扎下一尺多深的根
像这样的花儿
至少来上个十朵八朵

我要歌唱大街
大街上的人群
某个晚上
在一场电影过后
人多得就像满地乱滚的西瓜
没有人跟我争执
因为我们根本就不认识
我们靠得这么近
有一个人一松大家都要倒
我心里满是希望、信心，活下去的各种打算

我要歌唱咖啡店的老板
小巷尽头
往左走上三五步

他那双会数钱的手
每天只洗到手腕为止的手
他的眼睛多么像商店
堆满了杯子、圆桌
在黑暗中闪闪发光

我曾经歌唱过我那间小屋
在那里我摆上家具
从南京捡回来的雨花石
大雪纷扬的夜晚
我在炉火旁边
读大师们的作品
默默想念着他们
他们离我远得就像是在古代的希腊
坐在金字塔下面的一块石头上

有人敲门
我已不再感伤
没有什么
可以使我感伤
我时常独自一人
面对墙壁
一坐就是一个下午
有人敲门
我也毫不理会
我只消说一声
我不在
朋友们就会悄然离去
朋友们习惯了我的脾气

邻居

这个房间由我一个人来住
是显得大了点
日复一日
我与邻居默默相处
他们的脚步声
在我的房间里回响
却不在我的门前停留
从凌晨开始
一直持续到当日深夜
那正是我合上笔
躺在床上的时候
这种声音还不曾结束
它使我能够保持警觉
在一间宽大的屋子里
使我安顿下来
不再到处走动

酒

我们相互触及,就近唇边
一口一口地啜饮
在凄凉的遗忘中壮大自己
并且得到宽慰
不再孤立地歌唱

匮乏岁月里滔滔奔流着的酒
在眼前奇异地变换着的酒

比我们还要飘浮不定
这杂种，天天灌溉我们，一遍又一遍

由于无事可干
遍地都是我们的人
但我们曾经来自多么遥远
无论谁来规劝
饮者都将撇下彼此而去

杯盏落地令人心碎
清脆的响声，或许是出于一时的盛怒
焦躁的心灵何时安眠？
尽管万物都期待着我们去察觉它们
但它们却一致地不谈论我们的事情
还有花朵，只为自身而隐秘地怒放

那就让我们暂且蒙蔽自己的命运
从冬到秋，从夜晚到夜晚
一杯紧接一杯，吞咽下
这唯一能出入内心的苦口良药

有多少英雄的没落从酒开始
在李白的充满激情的诗章里
酒就是汹涌的源泉
轰鸣的形象，永恒的场所

就是最后的血染红的
唱歌的玫瑰
而在一切琐屑的梦幻之上
酒后的死亡

将无比轻松地鼓翼飞翔

献给博尔赫斯

仅仅为了配得上对你的阅读

我徒然地写下又抹掉

这些琐屑的言语

当你逼人的光辉,把它们推向

高大书架的另一端

博尔赫斯,我似乎看到了你凄切的嘲笑

在你面前,写作就是羞耻

你活在过去,那些黄金岁月的每一天

至今仍在时间的大河里滔滔作响

你从未给予我们一席之地

自从轮到你叙说永恒的事物

我们的境遇才如此悲惨

没有一个人能够像你

人们颂扬你,是为了忘掉你

尽管你曾经两眼漆黑

在一面照人的镜子里

失去了事物的毫无意义的外表

不再继续寻找自己怨恨的形象

你既不需要观看,也从不卷入

喧嚣尘世掀起的千重浊浪

在你创造的文字里

依靠一根拐杖,你走完了

从瓜达卢佩湖

直到炮兵营的整个狭长地带

还有梦中的蓝色老虎
波斯人的夜莺
无休止的莱茵河的夜晚
优利赛斯船上的伙伴
最后的血染红的唱歌的玫瑰的尖刺
博尔赫斯，你使用过的形象
纵使我闭上眼睛，也感到奥秘刺骨

而在你的书里
没有谁不是你笔下的人物
绝望的孤军奋战，被汹涌的岁月日夜驱赶
你让我们怎样度过每一天
它们反复到来，从不间断

想到你也有过烦躁的时辰
是对逝去年华的追忆，还是偶尔的怀念
一次命定的刹那间的相遇
你上了年纪，老博尔赫斯
如果一个女人蔑视了你的爱情
你将会使你的悲哀成为音乐
成为火热而又凄切的旋律
啊，无论多美妙
都会在每一个空虚的傍晚
反复来到世人无知的耳边

在今天，在远离繁华市区的某个房屋
仅仅为了不至于有愧于你的伟大回声
我徒然写下又抹掉

这些琐屑的言语
让它们变幻无穷的魔法
支撑住这个空洞的不稳的世界
并设法使自己坚持到最后一刻

做人
如何做一个烟酒不沾之人
如何做一个谦谦君子
先生，我已恭候多时
你来的时候
西风正起

你那随从，皮肤白净，垂手而立
如何做一个饮茶之人
做一个爱运动之人
美人迟暮，大姐成群结队
鱼贯而入
如何做一个坐怀不乱之人
饮酒而又能不醉
先生读万古书
飞檐走壁，大盗天下
如何做一个玉树临风之人
做一个身轻如燕之人
先生，你接着说
我洗耳恭听

逮捕
逮捕在追捕之后

我曾见过一只猎犬
追捕一只野兔
那是很多年前的
一个早晨
雪下得很大
我还很小
几十年过去了
我的童年
其他都已经模糊
唯独这次追捕
一只狗对一只兔的追捕
在雪地
它们奔跑的样子
经常出现在我的眼前
而且异常清晰
当猎犬
把野兔死死地按倒在地
我想起了逮捕这个词
这个瞬间甚至
影响了我漫长的一生
在人群中
我时常保持着警惕
仅仅是为了
不要像一只兔子那样
轻易被一只狗逮捕

尾随

一个人在雨夜,尾随了另一个
那是一个灰暗的雨夜

路灯刚刚打开
雨，落在路上
一个人在前面
另一个尾随着

是的，这不是跟踪
不是追杀
仅仅是尾随
一个影子在前
另一个
落在了后面

尾随并不可怕
可怕的是被尾随
在雨夜
天刚刚黑
当你无论是走出家门
还是，从外面回来
你永远都不知道
那尾随你的人
是谁

线人

大家按职阶落座
期间有一人
既非在官场，也不在江湖
甚至没有人知道
他具体干什么工作
看起来他和桌上每个人都熟

他能喝，但从不喝醉
他也笑，但从不大笑
他看你的神情
仿佛你根本就没来
桌上的人都在猜
他是谁叫来的
但彼此都不好明说
这样的场景出现多次
我有点不信邪
最近一次聚餐
我把他请了出去
第二天我收到一个短信
问我头天深夜
是不是在小区门口
踢了电线杆一脚
还真有这么回事
我顿时头皮发麻
心头一惊
难道他就是
传说中的线人

监视

八十年代末期，我刚在单位宿舍住下
斜对面房间就来了一位青年男子
这引起了我的警觉
我们不说话、不点头、不笑
我开门时，他也在开门
我佯装上集体厕所
他刚好也在，趁他拉下拉链

来不及拴皮带，我已经像风一样
出了单位大门
类似的情况出现多次
我业余开始主攻反侦察学
练就了一身特工素质
多少年过去，我们在另外一个场合遇到
他满腹狐疑地问我：
"我当年不过是喜欢写点东西
你监视我干吗？"

错误

人一生会犯多少错误
"太匆忙了
"我要留有足够的时间
"用来痛哭"
这是我过去写的一句话
现在我会细数
自己犯下的一个个错误
错了，还可以再犯
我诗歌中的幽默会
刺伤我的读者

一个红着脸的小男孩走出教室
与窗外的三角梅交映生辉
他错了吗
他的父母、训斥他的老师
却从不
细数自己一生犯下的错误

写诗能不能不用比喻
时间很紧
我还要去几个地方喝酒
写诗能不能不用比喻?
让人一眼就能看懂
并且会心一笑

我试过,不用比喻
很难。比方说
有的人写的精雕细刻
像在绣花
而有的人
一抒情就把秋风恨得咬牙切齿
就细数落叶
望穿秋雁

在四川
李白当年也不过
写过几首打油诗
至今都不得安宁
就这短短几行诗
我用了不少比喻
看来在四川
不用比喻能把诗写好的人
不会很多
而外省的那些诗人
大都痴迷于书本
活得像旧式知识分子
在各种比喻中抑郁而终

诗到不写为止
这个世界上有两种人
喜欢诗的和不喜欢诗的
你站在马路上观察
永远分不清
谁和你是一伙的
在我熟识的同伙当中
又有两种人
读好诗、写好诗
和读烂诗、写烂诗的
这个我勉强分得清楚
比如某人，昨天还杂杂哇哇
一副搅屎棍的样子
今天神清气爽、安静了许多
那一定是他刚读了一首好诗
或者写了一首好诗

读诗
写得不好
这没关系
我会认真阅读
写得不好
又写这么长
这就是你的不对了

李白斗酒诗百篇

最近有个非常不好的苗头

喝酒后,也只有喝酒后

想写诗

一写就写很多

平时根本写不出来

唉,岁月如梭

日子一天天过去

我渐渐变成了

自己最不喜欢的人

出租车

晚上吃过饭

我的司机送客人回去

我上了一辆出租车

去另一个地方喝酒

出租司机一直在哼《映山红》

这是我喜欢的一首歌

但他唱的太难听了

我实在忍不住了

就对他说

我唱一遍,你听

唱完后

这个家伙满含热泪

说,哥,一看你就是个文化人

我是成都市五小毕业的

你读的是哪个小学

明月照大江
一个朋友给我写信
说最近遇到几件棘手的事情
分别位于
2000公里、600公里、158公里之外
他是学地理的,高中时抄过我的作业
我不放心他的描述
问他这几个事情的海拔高度、空气湿度,等等
他答不上来
我只好回复他
它横任它横
明月照大江

私密
跳槽到另一家酒楼的漂亮前台
一连几天给我发微信
强调现在这家酒楼的私密性
我开玩笑问她,私密到什么程度
她说你吃过牢饭吗?
我们这里比监狱还私密
我说这种饭,不但我没吃过
你全家可能都没吃过

今天她又发来微信
再次说到私密性
看来,光明正大地吃上一口饭
并非易事
我直接回她
最大的私密

就是我们两人
在一个神不知鬼不觉的地方
单独吃饭
你敢吗,敢
可是我不敢

上善若水
酷热的、闷骚的夏天
重庆人说,这是最后的夏天
那还不是因为热
这简直是个
热得不要脸的夏天
与其去朝天门喝酒
还不如一个人
待在房间学成语
老子说,上善若水
他是教我们怎样做人
在这个毛焦火辣的
重庆的夏日傍晚
上善若水
我看中的是
这四个字带给我的
阵阵凉意

故乡
别动不动就说
什么乡愁
你其实连故乡都没有

说好的缕缕炊烟呢
鸡鸣狗吠、牛羊满山坡
一阵狂风暴雨过后
说好的在村头
浑水摸鱼的童年呢
房子越搬越大
但别动不动
就说什么爱情
那个骑着二八自行车
在后座搭着你
被协警罚款的青年
早已杳无音讯
消失在茫茫人海

深夜
一个人在深夜
突然会想起另一个人
想起他的一句话
一个微笑，或另有深意
想起那年在一起，喝过的酒
唱过的歌，歌声引来了野狗
在深夜，你会想起你的女人
此刻已深深睡去
而你在外地，点上一支烟
却又把它掐掉
你如此烦躁又坦然一笑
你到底是在想她，还是
想起了往事
你感到一个人再浩瀚

在深夜，也大不过
一只飞来飞去的小虫

婚礼
我约一哥们吃饭
他非常忙
是真的忙，不是装的那种
从周一开始
数到周六
都排满了
每个饭局
看起来都非去不可
星期天呢？我问
星期天要参加一个婚礼
哦，这个应该可以推掉吧
把礼送了就行了
兄弟，他苦笑着说
这个不能推
我必须亲自去
因为是我自己的婚礼

介绍
在一次聚会上，我介绍李海洲
说，这是重庆市江北区著名诗人
李海洲一脸严肃地把我叫到一边
说，哥，以后你介绍我时
能不能把江北区三个字去掉

小人

小人,你真的太小了
你那么小,我一把就能
把你抓在手中
你偏偏又是个
浓眉大眼的家伙
来,干一杯

我为什么如此悲伤

在青藏高原,四面环山,中间寸草不生
大哥,方圆几公里
看不到一个人,我们反复举杯
山越来越高,你我越来越小,喝到最后
连你都不敢再大声说话

以精致与时间片刻对视
——关于尚仲敏诗歌的只言片语

/梁平

我确认尚仲敏是有符号意义的诗人。在庞大的口语诗写作的诗人堆里，他的诗刻意而执着，一以贯之地注重时间的状态、深刻的现象和找寻时间与现象里的真实，具有极强的辨析度。接近人和物事的真相构成了他所有作品的结构系统、语言系统，使其难于模仿和复制。

时间是有记忆的。

20世纪80年代的中国诗歌浪潮汹涌澎湃，大学生诗歌作为其中的一条大河，以其青春、激情、批判与革命的姿态格外引人瞩目。继1981年复旦大学复旦诗社、1982年华东师大夏雨诗社之后，全国各地高校的文学社、诗社如雨后春笋，遍地葱茏。第一任复旦诗社社长许德明，曾经对大学生诗歌做过这样的归纳：诗歌从朦胧诗的英雄主义、救世主义回归到学院派诗歌的人本主义、形式主义、平凡主义和纯粹诗歌。

时隔不久，燕晓冬、尚仲敏在重庆大学创办了《大学生诗报》。应该说，这张诗报与时年尚仲敏那篇极为重要的诗论《对现存诗歌审美观念的毁灭性突破》密切相关，在国内率先提出"口语诗"写作，对新文化运动以来特别是"朦胧诗"进行了剖析和批判，为"第三代诗歌"开始了理论的确认和梳理。这仅仅是一个背景，然而我以为，这个背景也是我们走进尚仲敏创作主张与实践的一把钥匙。

《大学生诗报》创刊号刊发了我的《五月，一棵树的绿》。这首诗应该是在学生之间的传抄中被仲敏拿去发表的。同期还有于坚、韩东、张枣、柏桦、潘洗尘等我很熟悉的名字和作品。因为这个缘由，我在重庆就与尚仲敏有了交集，也读到了他流传很广的那首《卡尔·马克思》："犹太人卡尔·马克思/叼着雪茄/用鹅毛笔写字/字迹非常潦草……他写诗/燕妮读了他的诗/感动得哭了/而后便成为最多情的女人"。把伟人看作凡人，写伟人凡夫俗子的一面，写伟人的日常生活与情感，这在当时，需要何等的勇气和胆识是可想而知的。三十年过去了，无论是作为20世纪大学生诗歌领袖之一的尚仲敏，还是作为"非非"创始人之一的尚仲敏，在大行其道的"学院派"诗歌写作中，反对过度象征和过度修辞，崇尚口语，消解森严等级，已成为他诗歌写作的坚持和笃定不变的美学追求。

《时间很紧》这组诗，收录了尚仲敏旧年代表作和新近的作品。这里的时间，很显然是诗人生命的时间，存在于生命的体验、情绪和意识之中，之所以"很紧"，是因为过去所有的具体、不可逆的片刻构成了个体当下的全部欲望、意志和行为。我在读这组诗的时候，一直有一个表情挥之不去，那是忍俊不禁的笑，但是通常笑过之后，感觉比哭还难受。这是因为，这种笑不涉及"愉悦""舒畅"和"高兴"，而是"苦涩""滑稽"与"刺痛"，而且是立即做出的反应。柏格森曾经专门谈到过这种笑："笑通过它引起的畏惧心理……使一切可能在社会机体表面刻板僵化的东西恢复灵性"，笑可以被看作是一种纠正手段，是对社会某些缺陷的惩罚。值得一提的是，尚仲敏在诗歌里制造的"笑"，藏的不是"刀斧"，而是一根针，有痛感，但不血淋淋，尺度拿捏精准、得当。

　　我有一个兄弟
　　十年前
　　怀揣200元钱
　　去北京闯荡
　　十年过去了
　　他所有的资产
　　清了一下

还有100多元
……
在北京这样的地方
整整十年
他只花了几十元钱
实在是了不起

这是诗人题为《北京》的一首短诗，一个在京城闯荡了十年无功而返的"北漂"的真实写照。这里有一个非常精致的反讽角度，本来十年漂泊一无所获，而他看到的却是十年只花了几十元钱。这样的机智和精致非尚仲敏莫属。残酷的是，这不是一个人，而是成千上万的一个群体，一个阶层。诗人简单明了的口语、不动声色的叙述，把其间的无助、无奈、拼搏与挣扎掩藏在没有一点色彩的文字里，深刻的洞察和诘问，力透纸背的批判，给读者留下巨大的思考空间。而诗人最后出乎预料给出的结句，竟是"实在是了不起"！读到这里，不得不笑，但笑得那么苦涩，那么不轻松，那么难看。

尚仲敏在诗歌里埋伏的笑点，不是哗众取宠，为笑而笑，而是精心设计的精致的笑，也是诗人严肃对待口语写作出奇制胜的宝典。从某种意义上说，在口语诗随意、随性、大量无难度写作的当下，尚仲敏的口语诗以其节制、精准的高难度，在为口语诗正名，在其恪守艺术审美高度，以及先锋性、批判性、经典性方面做出了卓有成效的实验。

比如《五月》的开篇："我进入五月/形势变得明朗"，俨然一种严肃的政治性语调的起句，接下来却是："先做一个不抽烟的人/喝酒要看场合/古人说得好：/美人在侧，岂容时光虚度"，以一种平常人的日常生活切入，有效地消解了我们随时可能应对的严肃和紧张。在《写诗能不能不用比喻》和《一次诗会上的发言》里，对一些诗人一写诗就"咬牙切齿"的揶揄，生动而善良。

揶揄的还有《做人》里"飞檐走壁，大盗天下"的"先生"，以及"动不动就说/什么乡愁""动不动/就说什么爱情"的诗人（《故乡》）。在尚仲敏看来，那种要死要活的情感和歇斯底里的宣泄，都是对诗歌本身的伤害。

冷静是尚仲敏藏在笑之下的一种品质。他总是在制造一种脱离，以一种局外人的身份来看待人与物事。比如《做人》中，诗人写道："先生，你接着说/我洗耳恭听"，"我"虽然在场，但这里的"我"并没有融进"先生"这一"场域"中，而是与场域保持着距离，好似旁观者冷静地观看着"皮肤白净，垂手而立"的"随从"，观看着"成群结队"的"大姐"，正是在这种似是而非的观照之中，场面的荒谬和可笑喷然而出。比如《北京》中，"我不禁/怀着钦佩的眼光/向他默默地看了一眼"，"我"同样在场，但当"我"朝"他""默默地看了一眼"，两者之间立即构成了一种脱离的关系，一种距离。不仅如此，在《面庞》中，"我不止一次端详我的面庞"，"我"成为被观察的客体，"我"与"我"也形成一种主客体关系。当"我"成为被审视的对象时，"暗藏杀机"的我，"又凄楚又明亮"，并且"嘴唇紧闭""满腹狐疑"，这些表情的描述，实际是对我过去生活的回顾，以一种脱离的方式看过去的时间片刻。这首诗展现出来的被"我"所体验、感受到的"我"之过去，或许是诗人对生活的思考，即使偶尔也有"表情明朗"的时候，但生活的常态是对自己保持高度的警惕，任何时候都要"到处张望"。这个表情构成的我的"面庞"，是变形的，同样也是真实的。

我确认尚仲敏是有符号意义的诗人。在庞大的口语诗写作的诗人堆里，尚仲敏的诗刻意而执着，一以贯之地注重时间的状态、深刻的现象和找寻时间与现象里的真实，具有极强的辨析度。在尚仲敏的诗歌里，各色人等包括先人、伟人和身边的普通人，都是时间的片刻，在片刻里洞察深刻，在片刻里接近人和物事的真相，构成了他所有作品的结构系统、语言系统，使其难于模仿和复制。没有任何一个诗人能够像他那样，保持一种平和心境，与伟人平起平坐，聊家国，说风月，打桥牌，下围棋，就像在成都的某个茶肆、某个时间的片刻。这也是他一贯倡导和致力实践的写作向度：探索人类的抽象观念和一个纯可能性的世界。

正因为如此，这么多年来，对尚仲敏的微词就有"狂妄自大"一说，而我不以为然。尚仲敏本身是一个随和、温和、重情感的人，很哥们义气。我曾经就玩笑过他，时刻在为家国操心，为人民服务。这话虽是玩笑，但熟悉他的人没有一个不认同。我以为可以改成"狂放自大"，狂放是诗人的天性，自大也是自信的另一种表现，就像他在眉山三苏祠拜谒东坡先生的

《午后》里写的:"东坡兄,在眉山一带/也只有我才敢/在你面前写诗"。看到这里,不得不笑,但是尚仲敏也还谦虚,给了一个不大的局限,"在眉山一带",这就是典型的尚氏幽默,眉山写诗的兄弟不要见怪就是了。

他提供了汉诗灵魂表达的另一种可能性
——尚仲敏诗歌解析

/陈啊妮

1

作为"第三代诗歌"的标志性诗人,尚仲敏提倡用口语这种干净又别致的语言,来承载他心灵的复杂性。事实证明,正是这种干净和别致,"直接说出,更易于使问题简单化,更易于精准打击事物的要害并节约词语的成本"(尚仲敏语),也让他的诗歌更易于自由而开阔。他的诗既是轻巧的,又是严谨的、雅致的,精确到每一个字的出入,有着超强文本意识,能够把自身生命的理解与学识、体察、思考,自然落实到每一首诗中,内在一派澄明,毫无纠结,如一把快刀。而他看似普通的词和句,有着不一般的抵达和呈现,或异常复杂的释义,这一写法也能让一般受众所喜爱。耿占春在评价尚仲敏时提及"生活的逻辑"概念,认为"仲敏亦敏感于语义的双重性或生活的另一种逻辑",然"另一种逻辑"是需要发现和创造的,它不是生活中的普通对话、浮光掠影和柴米油盐,或日常奋斗的因果关系,而是生活内核光影的"外在投射"和反映。采取何种言说方式,应服从于内心及呈现生活内核和真相的需要。尚仲敏的口语式写作,"是语言与自由的本体狂欢与互文见义"(阎安语),是对口语的再次打量、提纯和琢磨,是有担当的去除虚假的杂质和外饰行动,也是对日常口语的极致利用,最终形成语言最本初的真切,抵达无限纯粹,诗人由此也获得了诗歌话语表达的无限自由。如诗人所言:"一部优秀的诗歌在被严格意义上阅读之后,总是倾向于引起沉默,引起瞬间的停顿、再现、体谅和同意,甚至感激",要达到这样的效果,需要重新"学习说话",或切换至另一种语言,一种更"够用""好用"也更"顶用"的语言。正如《等待》中写的:

什么时候我们才能够表情晴朗,目光澄澈
看见一切,并且说出一切
我们在人群中脱颖而出
由此形成的清高和荣耀,是多么脆弱
生命琐碎,这小小的疼痛、欢乐和忧郁
这永无休止的纠缠
就足以把我们全盘毁掉
我们留下的文字,要么小心翼翼、精雕细刻
显得虚假、单薄
要么落笔太急,迷恋的只是事物的外表
和自身的感伤

诗人意欲"表情晴朗,目光澄澈"地"看见一切,并且说出一切",这是他最初的纠缠。且不说能说怎么锐利的话,首要的是语言方式,要解决"虚假、单薄"的问题。同样,在《告别》中:"那些美丽的名字和语句/深入人心/势不可当/但这一切多么徒劳",可见尚仲敏要着手处理的,不只是单一的话语技术问题,包括时代的整体语境这一更深刻也更严峻的方面。诗人的困顿,是以诗歌语言表达来体现的,实际同时反衬出他的生活,如《现状》中:"多少时光我俯身于棋盘/我很想找一个落脚的地方/晚上睡觉/白天大干一场"。这种看似写的生活,也折射出诗人诗歌语言的跋涉,试图寻找多维立体交叉表达自由度的努力。在《读书》中似乎说得更明白了:"我辗转于这个字与那个字之间/为它们所苦/金秋十月/在一张靠窗的桌旁/瞧我读书的背影多么像一个饥饿的穷人""这些字都经过精心安排/即使不被我看见/也会在不知是什么地方/被谁的手轻轻打开"——在此,可以认定,诗歌是尚仲敏生活中很重要的一部分。

2

尚仲敏的诗歌有一种难得的举重若轻，一种出其不意的境界。如《卡尔·马克思》这首诗，很需要诗人的持重力和平衡力。他写的是普通生活中的马克思，或生活化的马克思，并没有触及伟人的具体思想、境界或精神，但呈现了"接地气"的、可信的一个人。他的伟大，或特别，在于他的生活呈现、生活轨迹和生活状况，正如一首经典的诗，用最朴素的语言写成。从这首诗中，似乎也没采用特别的技巧、手法，但它的经典性便在于去除了一切伪饰后，"满脸的大胡子/刮也不刮""西伯利亚的寒流/弄得他摇晃了一下/但很快就站稳了""穿行在欧洲人之间/显得很矮小"，正因为其普通和"寒酸""矮小"的外形，逼迫读者一步步在脑中推演一个世纪伟人，他大脑的阔大和沉重，他胸口的雷电，他手指智慧的轻盈。同样，《桥牌名将邓小平》写另一个伟人，也是普通老人的一面，越伟大，诗人则越关注和侧重伟人的普通，和作为常人的一面，通过伟人生活中的影子，反衬他背后的辉光。你看，他写邓小平打桥牌的动作，这是任何一个人都可能有的："向晚时分/邓小平一手握牌/一手叩击桌子/邓小平一个劲地抽烟"，这是歇息怡情的牌局，显然也是国际政治的玩转，寥寥数语，伟人的一切伟大品质，反而得到绝佳呈现。这两首诗，诗人只陈述事实，毫不加评论或抒情，但它内在的递进关系，与情感结构，还是让读者感受到超越时空的力量。看似简单的两首短诗，我以为已经奠定了尚仲敏在汉诗界的地位，这两首诗不只属于当下，也属于未来。《祖国》是个大题材，写不好也会成为空泛的滥情，尚仲敏却令人意外地写成与"祖国"的对话。整首诗的情绪达到了"真切的极致"，让你无论如何说不出哪句话是"空泛"的口号：

成千上万的天才死去了
我现在说出的话
正是他们来不及说的

他们自身的遭遇
忧郁和苦衷
疾病和灾难

> 这一切命中注定
> 超出了你的掌握
> 或者不曾被你注意

诗人写英雄与祖国的关系，已然脱离了说教模式，也是把英雄定义为一批聪明的人，承受了"自身的遭遇/忧郁和苦衷/疾病和灾难"，诗人无意在此提升先辈们的精神海拔，往往越这么往普通人的方位靠，他们平凡中的不平凡，才更为可信。诗歌的第三节，"如果有朝一日/战火燃烧/大敌当前/我想/我也该趁机子弹上膛/但我首先要干掉的/只能是我自己"，完全超脱我的认知，想一想：诗人何等的真诚？《大地》同样是一首"以小博大"的好诗，诗人在语言学上的力与内心积蓄的力，完美合一。

阎安这么评价尚仲敏："他的诗歌是他的隐身术和遁世术，这是又一层意义上的本体修辞和诗性建构，一般人分析不出来。"我理解尚仲敏既瓦解了一种语言，又建立了另一种语言，是颠覆，也是重构，目的和效果就是扩大了文字的表现力，让诗歌多了一条出路，或绝路逢生。看上去，尚仲敏为诗歌做了"减法"和瘦身，但实质上，他暗下又提供了新的叙述性维度。只不过他没有"明目张胆"的技术上的布陈，让我们能看见，但让我们感受到——诗人用灵魂震荡，让读者一再受惊，但又不明就里，不知道怎么说出那多出来的部分。

显然，尚仲敏的口语写作，绝不是形式上的革命，而是语言策略的优化，一种拥抱并根植生活从而焕发新润生命的有效选择，同时诗人也具有使用好口语的大本领，尤其是努力解放口语的鲜活体质、复杂肌肤和自我衍生，达到辽阔和自由。所以，诗人总能以"常态"写巨人，用三言两语写天下苍生。尚仲敏诗里的口语，是一种"重新说话"，是另一种语法的口语，是祛障后的大开大合。尚仲敏让诗歌回归本应该的"说话方式"，而冲击了"书写方式"，因而才有了"穷酸态"的马克思、抽烟拍案甩牌的邓小平。正如杨黎说的："尚仲敏是汉语诗歌口语缔造者。"他打通了诗歌必然通达的关隘，并一路惊险与雷电。

3

尚仲敏诗歌的字句平实,但不能忽视其诗性的陡峭、叙述的多变和语境的陌生化效果。如《告密者》这首诗,是个如何把口语成为真正诗歌教科书级别的经典文本。诗人在这首诗中,所描绘的"告密者"源于生活,又高于生活,甚至超越了生活。"他的身影狭长/幽深/略显干燥",这样的描绘已在口语的重组中升华,获得唯一性的生动与鲜活:"边说边像风一样/向前走着"。读者阅读至此,真的很担心这个人突然别转身,而出现一张熟识的脸。这首诗的后半部分,进一步写"告密者们"的"告密文化",以及陷入告密死循环或旋涡的"我"或"我们":每个人都可能被告密,每个人也都可能成为告密者。切不可持阅读别的口语诗作的态度阅读尚诗,即便是口语,我们务必要关照到他诗中可见的崎岖和隐藏的粗糙,要触抚到诗歌中深在的面貌,其坡度和梯级,内在的拐弯,暗处的井,水上的浮栈……正因为口语写作,这些内在语言的复杂或巧妙砌筑,很容易被外表的"光洁"和自然感所忽略。当然具体阅读中,一个有经验的或具足够美学敏识力的读者,也不大会留下这种遗憾。

尚仲敏诗歌叙述的多变性、不可测性,他的每一首诗歌宛如千姿百态"量身定制"。伟大的诗人,他们的作品让我们感动,但也有一个很大的问题,就是很容易让读者厌烦他们的"个人词典",其叙述手法、意象、修辞的严重自我同质。这就不再是个人辨识度的问题,而是严重的自我雷同。尚仲敏对此保持了高度警醒,而口语的写作,似乎为他组构他的文字更"独步"的方式,提供便利。他对包括自己的诗歌的所有文本,秉持一种清醒与怀疑,而锲而不舍地追求新的想法。

4

尚仲敏的诗歌驾驭大概念而呈现大格局,总能体现出一种"极致性"。比如《错》:

> 不知道是孔子还是老子说的
> 人一生可以犯三次错

有些错很长，从清朝犯到现在
　　有些错很短，前一秒还无比正确，后一秒却大错特错
　　爱上一个人，被一个人爱
　　如果是同一个人，那没有错
　　如果不是呢？
　　吵醒一个沉睡的人
　　看似事小，却从此酿下大错，万劫不复

　　"错"不止是个"大概念"，也是个"泛概念"，借"错"这个主题，诗人不动声色地将其延展，往孔子时代、近代、当下，这种大推演的跨越，被尚仲敏玩的得心应手，而且毫无拼凑的裂痕。诗中令人眼睛一亮的，还是对"错"的认识和诠释，以及由"错"中开掘的美感和诗性，让人瞠目结舌之余，忽有感动。有些错并不是错，有些错是美丽的错，有些明知是错但不得不错，有些错能认，有些错不能认，有些你以为的小错却遭灭顶之祸。我想，诗人在一首九行的诗中，要包容万象但又不能万象呈现，需要的是从生活布景中找情节，用生活叙述生活，也用生活诗化生活，材料是天然的原料，而不是经由诗人无限想象后的"象征物"——这是尚仲敏诗歌的魅力，也是所有成功的口语写作的秘密。很重要的，是尚仲敏多做了一步，他将"生活的来料加工"做到了极致，以至于成为一种"背水一战"，相当于他先用四根弦拉小提琴，但三根拉断了，他最后用仅存的一根弦完成了最复杂的乐段。诗歌《边走边说》所指涉何尝不是一个"大概念"呢？所谓的"大"，就是一种时代和世风，生活中自然呈现的炎凉冷暖和市井百态：

　　自从爱上了走路
　　很多习惯随之而变
　　过去和别人谈事
　　都是坐着，喝茶或吃饭时说
　　偶尔也有躺下说的
　　现在，无论多大的事

我都会一脸诚恳地
询问对方
我们能不能
边走边说

  诗中叙及的"大趋势"是我们都忙碌起来了，从内心产生的焦虑和期待，彼此间的关系随之复杂起来：合作者，对手，或无关者。之前彼此间这三方面都算不上，在时代的大潮中，个体是没有泳姿的，只有随波逐流或泥沙俱下。诗人借"我们"聊天方式的变化，折射出生活的变化，以及生活场中人心的变化。"过去和别人谈事/都是坐着，喝茶或吃饭时说/偶尔也有躺下说的"，这既是一种放松与随意，也说明所聊之事都是事不关己的，至于"躺下说的"，我不倾向于想多了，只是一种无所谓的松弛，说着说着就睡着了——这是可怀念的生活场景、人与人之间的简单。"边走边说"最大的一个生活现象是：任何一方都可能一扬腕表，找个借口结束交谈，或更趋同一种互探、谈判和交换。所以这首貌似的"小诗"，所弥漫的是"大诗"的气场。同样写到普通生活的，比如《酒干倘卖无》《一杯酒能解决什么问题》《静音》《走在凌晨三点的成都街头》《热》等，诗人通过一个个特定场景，书写世界内生的一种状态。《酒干倘卖无》所造成的时空的错乱，一个老人和小孩，也都可以从诗人身上找到对应的画面；《一杯酒能解决什么问题》叙述了打拼在职场的人，多么渴望找回一点纯粹的"童真"？如诗人本人，写诗这件事就是一种"童心"寻找行为，这么美好的事，诗人偏偏通过两个富豪级的哥们喝酒打赌来呈现，除了幽默和讥讽，我读到的是一种悲哀；《静音》这首诗我也是往"大"处读的，我没有因为其诙谐的设计而发出笑声，原因是我读到了诗人难以排解的忧烦，对喧嚣生活内生的对抗，正好借宇宙的"电闪雷鸣"而采取行动：静音。好好生活着的一个人，繁忙的一个人，"静音"意味着消失或逃逸——绝对的"静音"又是做不到的，人世间总有一种办法，让你停不下来，参与生活游戏，比如"相亲"；《走在凌晨三点的成都街头》写的是生活中常见的事例，诗人能在这一点上掘进开，实属高手，它给我造成了阅读上的倾斜，整首诗的事象却是有逻辑的：凌晨三点，街头，突然笑了，想起一个人，想起一句话，想起某个下午——经由深度的意蕴推合引发的致幻性。这首诗实际上要说：世上有简单的事吗？任何事皆可从简单至复杂，除了死亡，还有什么是简单的？何况有时死亡也是复杂的；《热》中的"热"照样是个大概念，热与冷的替代转换，几乎就是人生的悲喜：某种热，"你给我带来了温暖/带来了老司机的小棉袄/以及/比人贩子还要热烈的爱"，大概也是每个人都会遭遇的。综上，是我作为普通读者对尚诗的理解，无所谓对与错，也无所谓抵达与距离，因为诗人文本内核的大怀抱，其饱满与精准，体现的有可能是读者一时无法企及的。但我要说的，如上所举尚仲敏写生活的诗，没有一首说了什么道理，其"及物性"仿佛也与读者保持着距离，貌似的"虚假的生活真相"（但不是"虚构"）可能是诗歌更真诚的表达，正因为诗性的铺陈与揭露，我们得以阅读生活的心肌与血流，它的淤塞与疤痕，一种不言自明、自在的更接近于真相的道理。正如《走在外地的路上想起成都一哥们》中的那"智商极高"的哥们，他经常"大醉过后/执意把司机送回家/自己再打的回去"，真的醉了吗？

5

尚仲敏的诗歌提供了汉诗灵魂表达的另一种可能性。他遵循的是生活的另类逻辑和思维，但他一首诗的形成，恰似"得来全不费功夫"的水到渠成，仿佛并没有用心用力，或刻意巧设机关、暗下陷阱，也没有伪装色或处于道德制高点的侃侃而谈。他很谦和、低调，实话实说，给有序的生活以无序，给无序的生活以有序，顺着一条气息的通道，按照他的指令让文字排列、组合，又任由语言自身的相撞取暖并迸发火花——但他始终注意到一个诗人的使命："写诗就是讲故事"，讲凡人的故事，讲英雄凡人的一面，讲凡人庸俗的一面，讲庸俗的凡人英雄般的细节。我大胆认定《大杂烩，或流水账》是一首诗人"诗观"的诗：

> 写诗就是讲故事，前不久我去了重庆
> 发现重庆什么都不缺，就缺女青年
> 北京的黄珂，昨天来成都办事
> 顺便和我斗了回地主

黄先生常常一手好牌，不抓
一晚上几乎都是我在当地主，可他明明长着
一副地主的模样
日子就这样一天天过去，李元胜在他的公众号上
推出我几首诗，阅读量近四千人次，其中有人表示了非议
这不重要，重要的是，不懂诗却又读诗的人太多了
我非常乐意，和把诗写得很差的人做朋友
有一次，在一个陌生的诗会上
邻座一男子，老大不小了
说他出版了十几本诗集
我说我一本都没有出过，他说你还是别写了吧
你叫什么名字？我说我是尚仲敏
他立刻起身说，我是读你的诗长大的
生活就是这样有趣，我会像记流水账那样
把它们写出来，党和人民需要听故事
不需要抒情和讲道理
就像我观察一个人，首先看他的发型
然后看他的指甲修剪得怎样
有发型就有爱情，而指甲修剪得很好的人
往往是暗器高手

　　这首诗涉及的诗学有两个关键词：大杂烩，流水账。写作诗歌是不需资质的，没有准入门槛，但它又是缪斯托付于你的一种东西，如一页白纸，可以在上面绘画，或写字。我想诗人在此强调的"生活就是这样有趣，我会像记流水账那样/把它们写出来，党和人民需要听故事/不需要抒情和讲道理"，既是他的一个志向，也是他的美学原则，正如汤养宗所言："从口语到文字的拐点依然留在诗人手上，解决的出路是如何让口语成为真正的诗歌。"尚仲敏也说："如何在诗歌中消解抒情，如何将个人的情怀置于大众化的日常叙事和情景当中，不动声色、缓缓说出而不是将此情此景强加、抓挠于人，是我们必须要反思和解决的问题。"让我们回到口语创作的基础

性问题上，即诗歌语言问题，阎安说"后疫情时代的本体修辞学——用本真的日常颠覆虚假的日常，用被颠覆的词义反讽被颠覆的生活，一种在汗毛之上试刀的令人毛骨悚然的先锋主义"即应是崇尚于心灵的发声、本真的舞姿、极致的追求和纯粹的语言。尚仲敏无疑是实践者，也是坚守者。他坚守的绝不是口语写作这么简单的问题，而是汉诗灵魂发声的意义。给尚仲敏冠以"著名口语体诗人"，本身就是十分可笑的，诗歌就是诗歌，诗人就是诗人。就《大杂烩，或流水账》这首诗而言，尚仲敏尽显了轻漫叙述又出其不意以读者一击，同时智性、幽默，又厚道、真诚的话语风格。

尚仲敏诗圆桌
——李亚伟、于坚、杨黎、何小竹、吉木狼格、柏桦、周东升

/尚仲敏　辑

李亚伟：源源不断地展现出创新精神

尚仲敏是20世纪80年代大学生诗歌最具代表性的诗人，尽管他成名很早，但他独特、智慧的诗歌作品一直源源不断地展现出他的创新精神。他的诗歌文本既立足当下，又肩负着先锋精神，这样的写作状态和文本品质是当代诗歌非常稀缺的样本。

于　坚："直说"需要很大的勇气和才能

尚仲敏是口语诗人。口语，就是拒绝隐喻，拒绝言此意彼，直说，信任语言本具的深度。在一个隐喻根深蒂固的传统里，"直说"需要诗人很大的勇气和才能。四十年前，尚仲敏还在重庆大学读书的时候，我们就开始通信。他和燕晓东一起办了《大学生诗报》。现在许多人都失踪了，写不下去。口语不是那么容易写的，永远要有激情并朴素自然而不做作。这是对诗的高级要求。造句容易，写得像是本来就有，自然流露相当难。尚仲敏的口语诗很有感觉。有无感觉是我判断诗的标准。无论如何解释、辩护，没感觉，味同嚼蜡，等于零。我们时代，大多数诗人并不自信，尚仲敏从不自吹自擂，也不拉帮结伙，不立旗号。桃李不言，下自成蹊。他是自信的，自在的，理直气壮的。这部诗集（据说是他的四十年来的第一部）的

出版证明了这一点。

杨黎：英雄本色

尚仲敏是汉语诗歌的口语缔造者。作为口语的三个特点，尚氏诗歌在开创深入和把握的分寸上，均表达出了超乎常人的能力和全面。首先，作为口语诗歌的第一个特点，就是有故事性。尚仲敏的诗歌，与真正优秀的口语诗歌一样，不是以言说和抒情为重点，而是超越简单的表达，直接深入故事，直接呈现在故事里面，成为故事的本身。第二点，口语诗歌的特点，在故事之外，更注重语言本身的细节性。细节，使口语生动，同时更使口语真实。比如他非常著名的《桥牌名将邓小平》，就是靠语言的细节而打动人。他沉默，只计算着手上的牌。这一细节，简直就是口语诗歌的灵魂所在。说句实话，一首非口语诗歌，是感觉不到语言在口语和非口语之间的价值差。除了口语诗歌的故事性和细节这两点外，其实尚氏口语还有另一个特点，就是他的人文情怀。建立在个人独有的语感之上，但又属于江湖恩怨的语言路径，实实在在的个性叙述。尚仲敏的语言，有上海滩风味，更近口语，更近人味。现在，真正的口语写作正在接近现代汉语写作的本色。但口语写作作为纯粹的诗歌追求，短说是近四十年的事情，其实却是从新文化就开始的中国现代化变革。它经历了黄金十年，随后汉语的发展几经沉浮和迷茫。只有到了20世纪80年代，其实就是口语诗歌的出现，才意味着汉语的现代性终于登堂入室。而诗人尚仲敏，却是这段历史成就最为突出的推动者、参与者、评论者和实验者。与他同时代的诗人们相比，比如，他比于坚更开门见山。如果说于坚的口语是从非口语开始，甚至在过程中也有反复，那么尚仲敏却一开始就坚定使用口语写口语，一直到《只有我一个人在场》。这近四十年的诗，全部呈现的都是他的口语追求。与韩东相比，他更自觉和主动。如果说韩东的诗歌是口语写作的精品，那尚仲敏的却有去精品的努力，词语范围更加广泛。当然，这样的比较不是比好坏，而是比差异。与李亚伟相比，尚诗尖锐但不失精致，没有莽汉那么多的粗糙和修辞。特别是排比和幽默。他们都幽默，李诗幽默显而易见，而尚仲敏的幽默却需要想一想，具有智力要求和社会见识。尚仲敏是"非非"诗人，是他把口语深入到"非非"里面，使"非非"能够成为第三代人的诗歌,而不是像"非非"构建时所要做的形而上的语言纠缠。置身当下,渴望生活,是尚仲敏口语写作的必然性。一句话,尚仲敏的口语写作是必然的。他生长于20世纪六七十年代,是读"文革"语言长大的(我也是)。而他的青春期,看的是《上海滩》,追寻的是江湖情仇。而现在,他的人物与他一样经历了改革开放的洗礼,人世间那些内心的浅薄和经历的复杂,也像他一样,感叹和沉默。也就是说,他很像不认真,其实不是。《只有我一个人在场》是一本英雄的书,有尚仲敏热爱和从小追求的英雄本色。他更为复杂的内心世界,其实也都被他的这些外表深深掩藏。所以我相信,他还有很大的期待。这个期待,是口语诗歌的本命,更是诗歌口语化所深刻的价值。除了口语,任何写作,都解决不了这个问题。换句话说,诗歌的口语之争,实际指向的是才华之争。

何小竹:拒绝加入合唱

其实,我也是读尚仲敏的诗长大的,尽管他比我小一岁。当时是在重庆建院(现重庆大学建筑学院)读书的我的老乡孔川在暑假带回了一张报纸《大学生诗报》,主编阿敏,就是尚仲敏,上面有他本人的诗,以及坚和韩东的诗。那是1984年或1985年,我二十岁刚出头。后来,1986年,我们共同成了"非非"的成员,在《非非》创刊号上,读到了他的《桥牌名将邓小平》《钢铁就是这样炼成的》《卡尔·马克思》《致卡夫卡》等后来成为名篇的诗作。他是"口语诗"的开创者之一,明确提出否定"朦胧诗"的口号("打倒北岛"),用自己离经叛道的诗和极端尖锐的文章为"第三代"先锋诗歌摇旗与开路。他在成都送仙桥水电校的单身宿舍是我20世纪80年代到成都的落脚点之一,我们整夜聊诗,饿了就用电炉子煮面吃。那时的他,意气风发,目中无人,个子不高,却长着"一张大师的脸"(引自他自己的诗句)。现在,他依然意气风发,目中无人,只是"大师的脸"上多了许多包容与祥和,而把犀利与叛逆保留在诗中。这是一种现场写作的诗,就好像他随时盯着这个时代的舞台,看你们这些演员拙劣和可笑的表演,并适时地予以批评和嘲笑。他知道自己做不了这一台戏的导演,但捣乱和起哄是能够的。拒绝加入合唱,这是我对仲敏诗歌最敬佩之处。

吉木狼格： 他越任性，读者越喜欢

现实中的尚仲敏和所有的人一样，都有应酬的时候，只在一个地方他不应酬，从写第一首诗到现在。他坚持把他的全部真诚用在诗歌上；他以人类社会一分子的身份写诗，从不把自己拔高、拔出，乐在其中，他的诗就是他的所见所闻、所思所写，让人倍感亲切，温暖而有力。当然真诚不是他诗歌的全部，甚至也不是一部分，仅仅是出发点。我永远不会去在乎诗人写什么，只在乎怎么写，因为"怎么写"才是诗的全部，至于写什么，都不会超出人类文化的总和，即不会超出已知。也只有"怎么写"才可能让创作成为创作。尚仲敏的诗，一看就是尚仲敏写的，他用独有的情趣和语言方式让我们看到了他与众不同的诗歌创作。尚氏幽默在他的诗中随处可见，他明明是企业老总，却代表广大农民工索要欠款；他明明在写自己的诗，说自己的话，借机嘲讽一些人，这些人却更喜欢他的诗。一句话，他越任性，读者越喜欢他，也许这正是诗歌的魅力所在。倡导用口语写诗，是尚仲敏永不放弃的诗歌理念，从20世纪80年代到今天，他始终坚持用口语写诗，鲜活而独特。在诗歌写作上，"口语"对应的是"书面语"，也就是用汉语翻译外国诗形成的传统，即"翻译体"。在这个传统的影响下，许多人坚信诗歌只能用书面语来写，否则就不是诗。尚仲敏刚好相反，他认为诗最大的魅力就在于创新，在于创新带来的独有。继承传统最好的方式恰恰是反叛传统。书面语是传统，是过去的语言，它的生命存在于对过去的欣赏中，而不在现实的创作上。口语永远是最新的，它在每一个当下，因而用口语写诗，才谈得上创作，起码具备了创作的前提。尚仲敏用他的口语写出一首首与众不同、独一无二的好诗，但他总说：诗不好写啊。是的，特别用口语，失之毫厘，谬之千里。80年代大学生诗派的领军人物，尚仲敏到90年代下海，从此离开了诗歌。别人是什么感受我不知道，但我作为他的老朋友，心里满不是滋味，问他为什么，他总是笑而不答，问急了便说要写的、要写的，一看就在敷衍我。除了80年代那些不算太多的诗篇，难道我再也看不到一个天才的新作了吗？时间一晃二十年过去了，我都等老了，还是没有看到他的哪怕一首新作，我决定找他好好谈一谈。在瑞升步行街的露天茶坊，那天的天气很好，成都居然出太阳了，我约尚仲敏喝茶，按老规矩先下围棋，我心里装着诗，连输他两盘。他得意地说：

"你今天状态不好啊。"满怀心事的我,状态能好吗?我撇开围棋说:"你有二十年没写诗了吧,你就跟我透个底,你还写不写?"他依旧敷衍我:"要写的,要写的。"我问:"什么时候写?"他说:"快了、快了。"我说:"这样吧,你只要写一首诗,我就杀一头牛招待你。"我一急把一个彝人的本性暴露无遗。也不知是我的话起了作用,还是作为诗人——虽然他已是成功的商人——诗歌又回到他的身体里,没过多久,他重新开始写诗了,而且一发不可收,写了许多首。和80年代少年人的天马行空相比,如今的他更关注生活的细节,笔下那些具体的事物,不仅不沉闷,反而令人回味无穷。重新写诗后,他显得更加从容,更加游刃有余。我必须向尚仲敏提出,我只欠他一头牛,而不是一群牛。不管他写了多少首诗,我的目的达到了,承诺也要兑现。我们共同的朋友、另一位诗人周亚平提议,为尚仲敏的重新写诗,搞一场一头牛诗会,我坚决同意。让我纠结的是,一头牛诗会是在成都举办,还是去凉山举办,这是一个问题,我得同尚仲敏商量一下。

柏桦、周东升:边走边说

尚仲敏扬名于20世纪80年代,他一出现就完全与众不同,给人印象深刻。尚仲敏有一个很重要的诗观:"口语诗是一种老实厚道的诗。"他写的诗不仅仅是老实厚道,还有很多其他品质。前不久我读到了他刚出版的一本新诗集《只有我一个人在场》,如同看一部紧张的侦探小说。仲敏的生活真是处处都是诗,无时无刻不是诗。可以毫不夸张地说,他浑身都是诗。即他发现诗意的触觉、嗅觉、感觉简直是十分惊人。只要他愿意,他可以把他每一分钟的生活都写成诗。而这样写诗的手腕和眼光是罕见的,我在仲敏的身上看到了这一点。他的诗口语,机智,亲切,有事实,有来处,有生活,有余味,以小博大,耐人寻思,更耐人惊叹,说他开一路新诗风,完全实至名归。尚仲敏有一首小诗《边走边说》,生活日常的边走边说,它本来是那样容易被人忽略,谁会注意呢?如我前面所说,生活中的点点滴滴,他都可以用诗意的眼光去打量它、发现它、说出它。而"行走"这个主题也是我一贯偏好的主题,不然,我怎么会有一长篇《知青散步记》。无独有偶,我又读到了他另一首更令我惊艳的行走诗——《雨中的陌生人》。平凡的生活中到底有着怎样的神秘?那个行走在雨中的人是个什么人?晚归人，失意人还是特务人（联想到作者幼时的理想是当一个特务）？他为什么深夜独自在雨中行走？在窗口观望的人已为我们说出了答案："星座不合是个大问题"，那似乎又是个戴望舒笔下雨巷般的失恋人？"边走边说"，不仅是尚仲敏的诗意发现，也是一种发明，一种机智的即兴的诗意发明。发现意味着生活中的诗意被诗人挖掘出来，诗人有他独特的审美眼光，善于从川流不息的生活中采撷诗的珍珠，像是经验丰富的果园工人，一眼就能认出成熟的果子，并摘到果篮里。发明意味着无中生有或者有中生有，总之要创造出一种世间原本没有的东西。尚仲敏的写作，二者兼有，比如《雨中的陌生人》就是发现。它发现了平凡生活的一个神秘裂隙，当"你"用"星座不合"的玄学去解释、去缝补这个裂隙时，又制造了更多的神秘。正是这波纹般荡开的神秘，使庸常的生活重新变得丰富、有意味。也许尚仲敏发明诗意的能力更值得讨论。如果说他开了一路新诗风，那么，这个"新"字主要就体现在他的发明上。让我们先来读《我深深地爱着我的祖国》中的一节："在理发店/一个人胡乱剪了个发型/望着他行色匆匆的背影/我在想/祖国一定不会/重用一个/发型凌乱的人"。写理发也罢，写一个人"发型凌乱"也罢，都不稀奇，写热爱祖国更不用说。但读到"祖国一定不会重用一个发型凌乱的人"，比初读废名的名诗《理发店》，从理发写到宇宙、人类的理解力，再写到"灵魂之吐沫"还要令人惊奇。尚仲敏利用这些稀松平常的细节和语词，制造一个出人意料的、幽默的又意味深长的判断，这需要怎样的机智和即兴能力呀！这就是一种诗意发明的能力，生活中原本没有，诗人凭空制造出来，又把它注入平淡的生活。很少例外，尚仲敏的诗大都写得轻松活泼。有时候，他要发明的就是一种快乐。这时，对于他，诗的本质就是快乐，也可以说，诗即语言的快乐。也许有人会质疑，但我们无须引经据典去论证。这世间有苦大仇深的诗，有高深莫测的诗，理应也有专写快乐的诗。它通过笑声使生命暂住，使生命在刹那间获得解脱。尚仲敏的"边走边说"，展示了一种即兴写作的机智风格。所谓即兴，也就是即景抒情或因事立题、即事名篇的写法。尚仲敏对诗歌抒情向来持有异议，因此他的即兴写作极少抒发胸臆，而多采用叙事的写法。他所写之事通常是社会时事或日常生活中的习见之事，诸如抽烟、喝酒、购物、朋友交往……叙述直白，才思机敏，不落刀削斧凿的痕迹，总是给人一种即兴写作的轻松感（当然，行家里手都清楚，那种看似自然的字句安排和水到渠成的起承转合，一定来自于精心的打磨）。说尚仲敏的写作具有即兴写作的风格，主要是想说他的写作与生活之间的关系。因为即兴是一种诗性随时在线的状态，它表明诗和生活时刻在关联着，时刻在发生化合作用，并相互改变着。这正应了张枣后期念兹在兹的一个重要诗歌命题："如何使生活和艺术重新发生关联？如何……重返和谐并与世界取得和解？"也许尚仲敏的诗风不合张枣的口味，但可以肯定的是，尚仲敏的写作一定能提供某种启迪。对于尚仲敏，诗不外在于生活，也不大于生活，诗"是生活的一小部分"，写诗就是一次次缘事而发的即兴闪光。同时，正是因为热爱生活，才热爱写诗，又因为热爱写诗，更加热爱生活。这样的诗歌观念，决定了尚仲敏的写作始终有轻松的姿态和无焦虑的心态，也决定了他的诗歌幽默却绝无尖刻，反讽但带有善意。当然，尚仲敏"边走边说"的即兴风格，并不失之于即兴写作的简单，虽然他总是把诗歌写出简单明了的效果，但这样的写作绝不简单。在尚仲敏的写作过程中，机智主要表现在戏剧性效果的制造上，有时是靠语言的歧义、错位和跳转，有时依赖情节的逆转或戛然而止，有时则凭借一个活灵活现、忍俊不禁的戏剧性情境。这都是尚仲敏的拿手好戏，也是公开的诗艺秘密。比如《明月照大江》，在前文的平铺直叙后，突然一转"我只好回复他/它横任它横/明月照大江"，戏剧性出其不意地爆发出来，令人欢乐。《追星》的结尾是一个戏剧性的情节逆转："他以为我要找他签名/我说，把你裤子拉链拉一下"。倘若不存偏见，你会发现，这样写，并不俗，它善意地打开了生活中有趣的一面。

声　明

本套"2023·北岳·中国文学主题年选"收录了本年度众多优秀文学作品。在编选过程中，我们及各选本主编已尽力与大多数作者取得了联系，但仍有个别作者因故未能取得联系。见此声明，烦请来电，以便奉送样书。

联系人：高海霞

电　话：0351—5628691